JN000072

科捜研の砦

岩井圭也
Keiya Iwai

角川書店

科捜研の砦

目次

装画
吉實 恵
装幀
坂詰佳苗

罪の花

尾藤宏香はため息を吐いた。

吐息は会議室の空気に拡散し、溶けていく。室内には他に誰もいなかった。定刻になっても約束の相手が現れない。尾藤は苛立ちを紛らわすために、仕掛かり途中の仕事について考えていた。

目下開発中の、スーパーインポーズ法と呼ばれる鑑定手法だ。白骨遺体の頭蓋を撮影した写真と、候補者の生前の写真を重ね合わせ、顔の各部位が一致するか否かで個人識別を行う方法である。

二〇〇〇年代に入ってからというもの、コンピュータを用いた鑑定手法が急激に発展している。今の仕事をはじめてから、尾藤は〈平成の科学鑑定〉にふさわしい手法の開発に取り組んでいた。

腕時計を見る。定刻から十五分が過ぎていた。

再び盛大なため息が出た。なぜ研究者である自分が、捜査官の都合に振り回されなければいけないのか。

彼女がいるのは千葉県柏市にある〈科学警察研究所〉——通称科警研の庁舎だった。

よく似た名称の機関に科捜研こと〈科学捜査研究所〉があるが、科警研が警察庁の附属機関として位置づけられているのに対して、科捜研は各都道府県警察本部の刑事部に設置される。科警研の職員である尾藤は国家公務員という立場にあった。

両者は科学に基づいて事件捜査や犯罪防止を支援するという点では共通しているものの、そのテリトリーは微妙に違っている。科捜研は管内で発生した事案に関する鑑定が主で、科警研は新手法の開発や警察業務に関する研究、技官の指導等に比重を置いているのが実情であった。

ただし、科警研でも鑑定を行わないわけではない。全国の関係機関からの依頼に応じて鑑定をすることは業務の一つであった。

——とは言え、ねえ。

尾藤はとりとめのない考えを払い落とすように、頭を振った。

千葉県警からの依頼は、科警研が担当すべき案件とは思えなかった。はっきり言って、県警の科捜研でも十分やれる内容だ。おそらくは科捜研が立て込んでいるとかの都合で、科警研にお鉢が回ってきたのだろう。

入庁三年目の尾藤は、いまだ組織の都合を熟知しているとは言えない。それでも、科警研がいいように使われているのではないかという疑念は拭えなかった。

定刻から遅れること二十五分。ようやく約束の相手が来た。現れたのは、児玉と名乗る年配の捜査官だった。煙草の臭いに尾藤は顔をしかめる。

「遅かったですね」

「いやいや、申し訳ない」

児玉は悪びれる様子もなく、テーブルを挟んで正面に座った。

「優秀な皆さんのお時間を取らせてしまい、心苦しく思っています」

顔色を窺(うかが)うような対応に、尾藤は白けていた。警察庁と千葉県警の違いはあれど、同じ警察組織の人間なのだから上も下もない。たまに児玉のようにへりくだる者や、逆に高圧的な態度に出る警察官がいるが、勘違いをしているとしか思えない。

「ご説明をお願いしていいですか」

面倒な用はさっさと終わらせたかった。児玉が鞄(かばん)から取り出したファイルを受け取り、資料に目を通す。

「では、かいつまんで話します」

せいぜいやりがいのある案件であることを祈りながら、児玉の話に耳を傾けた。


事の発端は二週間前。

千葉県南部の山道で犬の散歩をしていた男性が白骨遺体を発見。当該の遺体は山道からやや離れた位置に埋まっていたものの、前日までの長雨の影響で土が緩み、露出した骨の一部に飼い犬が気付いた。遺体は五メートル四方の範囲で数か所に分散して埋められており、ほぼ全身の骨が見つかった。

白骨遺体が見つかれば、事件性の有無が検討される。この白骨遺体は数か所に分けて埋められていただけでなく、後頭部が陥没していた。これらの事実から、遺体の人物は撲殺された後に埋められたと推定された。

さっそく、警察歯科医がデンタルチャート（歯科記録）を作成した。口腔内の情報は個人識別に重要な役割を果たすためだ。さらに口腔内写真の撮影、X線撮影も行った。スタンダードな死後記録の採り方である。県警は千葉県内全域の歯科医に照会をかけたが、該当する人物はいまだ見つかっていない。

照会が進まないのは、白骨遺体の身元に関してこれといった情報が得られていないせいでもある。男性であること、死後相応の年数が経過していること以外、ほとんど何もわかっていない。通常は持ち物や衣類を手がかりとして身元特定を進めるが、それも一切残されていなかった。

手詰まりになった県警は、ヒントを求めて科警研に依頼を出した。

説明を聞き届けた尾藤は首をかしげた。

――やっぱり、うちでやる必然性がない。

白骨遺体の鑑定は、どの科捜研でも定常的にやっているはずだ。各分野の精鋭が集う科警研に持ち込む必要は感じられなかった。

「確認ですが、県警の科捜研ではなくなぜ科警研に？」

児玉は素知らぬ顔で「もちろん科捜研も協力してくれましたよ」と言う。

「ただ、彼らのスタミナにも限度がありますから。何から何まで科捜研で検証するのは、人手の面でも難しいもので」

「人手が足りないから科警研に頼んでいる、と？」

「違います、違います。技術的な面ですよ。殺人の被害者である可能性が高い遺体ですから、捜査のために迅速かつ正確な鑑定が必要なわけです。そのためには科警研の、尾藤さんのお力を借りたほうが早かろう、ということです。警察は連携が命ですから」

「……そうですか」

不満が解消されたわけではないが、この辺りで手打ちにすることにした。我を通しても煙たがられるだけだということは、若い尾藤にもよくわかっている。

所詮(しょせん)、科警研の技官も警察の一員であることには違いない。研究機関ではあっても、ここでは警察の論理こそが鉄則なのだ。児玉が身を乗り出した。

「ちなみに、現時点での所見は？」

「現時点？」

「ええ。ファイルに掲載されている写真の範囲で何かわかることは？」

「実物も見ないで、ですか」

「一応、こちらも急いでまして」

だったら二週間もしてから声をかけるなよ、と言いたいのをこらえる。ここは警察の使命が最優先される場所だ。

「あまり不確かなことは言いたくないですが」

気が乗らないなりに、尾藤は改めて資料を確認する。

ファイルにはざっと二、三十枚の写真が収載されていた。白骨遺体、とりわけ頭蓋が複数の角度から撮影されている。骨の一部だけが発見された場合は初手として人獣鑑別が必要なところだが、今回はほぼ全身の骨が見つかっており、ヒトであることに疑いはない。

まず着目したのは骨盤だった。幅が比較的狭く、骨盤縁と呼ばれる開口部が小さい。女性であればもっと幅が広く、骨盤縁も平らで大きいはずだ。

「性別は間違いないでしょう。明らかに男性です」

児玉が手元の手帳にメモをする。

「他には？」

「年齢は壮年と記載されていますが、もう少し具体的に絞れます」

たとえば、頭蓋の縫合閉塞（へいそく）の具合。加齢とともに骨の継ぎ目――すなわち縫合が消えていく傾向にあるが、この遺体では冠状縫合の一部がすでに消失している。また口蓋部の切歯縫合は完全に消失し、眼窩（がんか）部の縫合も消えはじめている。

歯の咬耗（こうもう）度も重要な指標だった。歳をとるほど歯はすり減るが、歯の状態は白骨遺体であっても観察できる。写真では象牙（ぞうげ）質が糸状に露出しており、相応の年齢であることを示唆していた。

「これらの情報を総合すると四十代、ただ頭蓋の縫合が残存しているので四十代前半と推定されます」

「身長はどうですか」

「一八〇センチ前後となっていますが、うーん……安藤(あんどう)式しか使っていないので、藤井(ふじい)式や吉野(よしの)式で計算し直したほうがいいでしょうね」

身長推定の計算式には複数種類がある。安藤式は簡便な方法だが、実物との不一致が見られることもある。

「死後経過年数は三年から五年くらいかな。これは、緻密質(ちみつ)の蛍光比強度を測定すればもう少し確実なことが言えると思います」

「凶器はわかりますか？」

いわゆる成傷器のことである。たとえば皮膚にできた傷口であれば、片刃か両刃(もろは)かといったことや、尖部(せんぶ)の形状が推定できる。しかし後頭部の陥没だけでは何とも言えなかった。

「ちょっとわかりませんね。ただ、陥没した部位を詳しく計測すれば、どんな形状の凶器か推定することはできるかもしれません」

ひとまず、写真からわかる範囲のことは伝えた。ファイルを閉じた尾藤に、児玉が探るような視線を向ける。

「あのう、顔を復元してもらうとしたら、どのくらい時間がかかりますかね」

「復顔ですか？」

「そうそう、それです。顔がわかれば大きいです」

尾藤は眉をひそめた。白骨遺体の実物も見ていない段階で、復顔の話をされても答えようがない。それより先にやるべきことがある。

「周辺情報がない以上、復顔は確実ではないです。鼻や唇、眉や傷の情報は白骨遺体からはわかりません。肥満や痩せの程度も不明。いきなり復顔まで考えなくてもいいのでは？」

「以前、他の案件ではすぐにやっていただきましたけどね」

児玉の顔に一瞬、軽蔑の色が浮かんだのを尾藤は見逃さなかった。

——それが本心か。

下手に出ているように見えて、科警研を軽んじているのが透けて見えた。そうでないと言うのなら、労力のかかる復顔を安易に依頼することなどないはずだ。しかし繰り返すが相手は捜査官であり、ここは警察である。警察の論理より優先するものはない。

「……持ち帰って検討します」

そう答えるのが精一杯だった。

「ぜひお願いしますよ」

とってつけたような愛想笑いに鼻白む。鑑定の日取りを調整し、会議室を後にする。廊下を歩きながら、尾藤は思った。

——やっぱり、私の居場所はここじゃないな。

今夜、イギリス時代の指導教官に連絡を取ろうと決意した。ポストが空いているなら受け入れてほしい、と持ちかけるつもりだ。

デスクトップパソコンのモニターには、作成途中のソースコードが表示されている。新しいスーパーインポーズ法のため、尾藤が作り上げたプログラムだった。正規化相互相関という手法で、白骨遺体と生前の顔貌(がんぼう)の一致度を算出するのだ。博士課程の研究をベースに、精度を上げるため細部を磨いている。

昼からずっとパソコン作業が続いている。さすがに目の疲れを覚えた。画面右下の時刻表示を見ると、午後九時だった。いったん休憩を取ることにする。

席を立ち、腰を伸ばした。今年三十歳になってからというもの、急に疲れやすくなった気がする。

職場にはまばらに人が残っていた。同僚たちは優秀で仕事熱心な技官ばかりだ。だからこそ、捜査の下請けのような仕事をやらされることには余計に疑問を感じる。そういうことは科捜研が担当すべきだ、というのが尾藤の見解だった。

尾藤が所属する法科学第一部は、生物学分野を担当する部門である。分子生物学や微生物学、形質人類学などが含まれる。同僚のパソコンを背後から覗(のぞ)くと、血液検査のデータ解析をしている最中だった。

これまで科警研で開発した手法や手技が、今では全国の警察職員たちに使われている。尾藤や同僚たちの研究成果もいずれ全国に普及する。責任は軽くない。だからこそ、尾藤は余計に思うのだ。研究業務に集中させてくれ、と。

気分転換のため、外の空気を吸うことにした。

裏口から庁舎を出て、風に吹かれる。湿り気を帯びた夏の夜風が、エアコンでかさついた肌を撫でた。

――どうしてこんなところにいるんだろう?

尾藤の頭に、今さらすぎる疑問が浮かんできた。

そもそも医学部に入ったこと自体、なりゆきでしかなかった。

医学部医学科に進学したのは、勉強が得意だったからだ。はじめから崇高な志なんてなかった。ただ偏差値を追い求めていたら、いつの間にか医学部にいた。そのまま医師になる将来は、想像してもあまり心躍らなかった。経済的には困らないだろうが、仕事に興味が持てない。人を救いたいという使命感もない。

道に迷っていた尾藤を導いたのは、法医学というマイナーな分野だった。生者をいかに生かすかという研究をしている学者ばかりの世界で、法医学者だけが、死者を対象としていた。それに気づいた瞬間、初めて気持ちが揺れた。亡くなった人の声を聞く学問は、医師の仕事になじめない尾藤を引き寄せた。

少し勉強してみると、法医学の分野は意外なほど評価法の開発が進んでいないことがわかった。警察や病院では数十年前の評価法が現役らしいとわかると、俄然、やる気が湧いてきた。知れば知るほど法医学の可能性にのめりこんだ。臨床ではなく研究の道に進んだのも自然な選択だった。

大学院の博士課程に進み、数々の学術論文を発表した。形質人類学の名門として知られるイギリスの研究室にも半年間留学した。修了後は大学の講師か助教にでもなり、そのままアカデミアの世界で生きるつもりだった。

予定が変わったのは、科警研で募集がかかったせいだ。

科警研では、毎年すべての研究室が採用を行っているわけではない。人員拡充の必要がある研究室だけが募集をかける。そして尾藤が修了する年、たまたま法科学第一部の研究室が募集をかけた。次の機会はいつ巡ってくるかわからない。

——受けるだけ、受けてみるか。

採用人数は一名で、驚異的な倍率になると予想された。人並み以上の実績を持っている自信はあるが、絶対合格できると信じるほど思い上がってもいない。尾藤はなかば記念受験のつもりで願書を出した。

しかし尾藤は次々に選考を突破し、とうとう最後の一人になった。警察庁総合職研究員として採用されたのである。

内定が出た後になって尾藤は焦った。しかし今さら断るわけにもいかない。何しろ、倍率は百倍以上だった。この期に及んで辞退するのはさすがに気が引ける。それに警察でキャリアを積める機会などそうない。もし合わなければ、その時に辞職すればいいだけの話だ。

こうして尾藤は科警研の技官となった。

だが入庁後に待っていたのは、想定外の苦戦の日々だった。

科警研では鑑定法の開発や研究もさることながら、各都道府県の科捜研に属する技官や、刑事部の捜査員、鑑識課員との連携が求められる。講習や技術指導を通じて、科警研の持つノウハウを伝授したり、現場の課題に応えなければならない。決して研究だけをしていればいいわけではない。

連日の調整や出張で、研究は遅々として進まない。警察の事情に振り回される日々を送ることになった尾藤は、次第に不満を募らせていった。ほぼ同じ年齢の研究員が華々しい結果を出すたび、内心で歯噛みした。研究に専念できれば、自分だってそれくらいの成果はすぐ挙げられる。そう思いつつ、時間ばかりが過ぎていった。

徐々に尾藤は、自分の適性に疑問を抱くようになった。倍率百倍の選考をくぐり抜けたのだから、少なくとも出来そこないではないはずだ。それなのに結果がついてこないのは、向いていないから、というしかない。やはり自分の居場所は学術の世界だった。ポスドクなら、捜査官たちの手足として働かされることはない。

仕掛かり中のテーマに区切りがついたら、警察は辞める。密かにそう決意していた。

夜空に背を向けて、尾藤は庁舎へと戻った。夜はこれからだ。近い将来ここから去るとしても、任されている仕事はやり遂げたかった。

尾藤は千葉県警からの依頼を粛々とこなした。

白骨遺体の状況から性別、年齢、身長を推定し、報告書にまとめた。死後経過年数はおよそ三年。陥没箇所の大きさから、凶器は直径五センチから一〇センチ程度の球状または楕円状の鈍器——たとえばゴルフクラブや鉄アレイのようなもの——と推定された。

要望通り、復顔も行った。限られた情報での復顔は決して正確とは言えない。県警の会議室で面会した児玉に説明すると、相手は冴えない顔で頷いた。

「はい、ありがとうございます」

依頼した時とはうってかわって醒めた表情である。作業さえこなせば、もう用済みということか。さすがにむっとした。嫌味の一つでも言ってやりたくなる。

「失礼ですけど、誰でもできる仕事ではないですからね。少なくとも、県警だけではここまで迅速にはできなかったわけでしょう」

「うちの科捜研や鑑識が無能だと言いたいのですか？」

「違います。刑事部の皆さんが、です。いるのかいらないのかわからない案件までどんどん依頼するから、科捜研もパンクするんじゃないですか。連携を重んじるなら、相手方の負担も考えて連携するのが上策だと思いますが」

仕事への苛立ちもあって、言い方がきつくなった。児玉の表情が険しくなる。

「あのね、尾藤さん」

声が一段と低くなった。

「ここは大学じゃないんですよ。警察。警察の責務がわかりますか。警察法の第二条、暗唱できますか」

警察大学校にいた頃暗記したが、もう覚えていない。

「……いえ」

「私はできますよ。〈個人の生命、身体及び財産の保護に任じ、犯罪の予防、鎮圧及び捜査、被疑者の逮捕、交通の取締その他公共の安全と秩序の維持に当ることをもってその責務とする〉。これがわれわれ警察の仕事なんです。公共の安全、秩序の維持。その目的の前では個人の苦労なんて小さいことです。打つべき手を打たなかったことで責務を果たせなかったら、悔やんでも悔やみきれませんよ」

尾藤は奥歯を嚙みしめた。また警察の論理だ。事件解決のためなら、技官のプライドなどどうでもいいということか。黙っていると、児玉は尾藤が納得したとでも思ったのか「わかってくれれば結構です」と言った。

「幸い、この件は他の方面からも手がかりが集まっています」

「他の方面、とは?」

「実は警視庁も協力してくれているんです」

あっさりと口にした児玉に、尾藤は「待ってください」と気色ばむ。

「科警研と警視庁、二重に協力を要請したんですか?」

「人聞きの悪いこと言わないでください。白骨遺体の鑑定は科警研に、遺体発見現場の検証は警視庁に依頼したんです。目的が異なりますよ。まあ、科警研が両方引き受けてくれればその手間もなかったんですがね」

児玉は無言で目を細めた。おそらく現場検証は科警研に断られたため、依頼先を警視庁にスライドしたのだろう。依頼を受けるかどうかは、下っ端の尾藤ではなく上司が判断している。

「結果的にはラッキーでしたがね。あの〈科捜研の砦（とりで）〉が担当してくれましたから」

「なんですか、それ」

「おや。聞いたことありませんか」

尾藤は「いいえ」と言下に答える。

「では、警視庁科捜研の加賀（かが）副所長は？」

「それはもちろん」

科捜研副所長の加賀正之（まさゆき）警視については、尾藤も知っていた。数々の重大事件を担当してきた鑑識官であり、新たな指紋検出法や毛髪検査法を開発した実績がある。入庁時の研修でも紹介されるほどで、警視庁科捜研の代名詞ともいえる存在だった。

——警視庁の鑑識技術は、加賀以前と加賀以後に分けられる。

そんな噂がまことしやかにささやかれるほどだ。畏敬（いけい）の念をこめて、技官たちの間では〈鑑識の神様〉とも呼ばれている。加賀は刑事部理事官などの要職を経て、現在は科捜研の副所長を務めていた。

「加賀副所長が、何か?」

「科捜研にはね、加賀副所長の直下で動いている技官が一人だけいるんですよ。細かい所属に縛られず、幅広い事案を鑑定できる優秀な若手がね」

「へえ。誰です?」

「土門誠（どもんまこと）」

児玉が我がことのように、誇らしげに言う。

「彼と加賀副所長のタッグは、科捜研における最後の砦と言われています。通称〈科捜研の砦〉。土門さんはあなたと同じくらいの年齢ですが、鑑定技術は日本国内の科捜研、いや、科警研を含めてもトップクラスと言われています」

最後の一言は当てつけのようだったが、当の尾藤はそれどころではなかった。同年代ということは、土門誠はまだ三十歳前後。その若さで全国の警察組織に名を轟（とどろ）かせているというのか。尾藤の頭のなかに妙な対抗意識が芽生えた。

「その、土門さんに何を依頼したんです?」

「発見現場周辺の状況から、遺体の身元推定に役立つ情報を探索してもらっています」

「そんな……」

そんな情報から何がわかるというのか。そう言いかけたが、途中で口をつぐんだ。これ以上喧嘩（けんか）をふっかけても無益なだけだ。しかし現実問題として、白骨遺体そのものが最も豊富に情報を持っていることは間違いない。周りの状況から推定できるのは、せいぜい掘られた穴の大きさくらいではないか。

――くだらない。

どんな立派な異名で呼ばれていようと、何もない場所から宝を見つけることはできない。

尾藤は、無駄骨を折らされた土門なる人物に同情したいくらいだった。

ただ、先刻の児玉の台詞は気になる。

「手がかりが集まっている、と仰ってましたよね」

「そうですね。土門さんのおかげで」

「どんな手がかりなんです?」

児玉はもったいをつけるように腕組みをしていたが、やがて首を横に振った。

「まだ確定していないので、申し上げられません」

「私には言えないんですか?」

「だから、未確定なんです。ご理解ください」

しばらく押し問答を続けたが、結局は尾藤が諦めた。児玉にしてみれば、科警研に捜査状況を逐一明かすメリットなどないということだろう。話を打ち切るように立ち上がった。

「ご協力いただき感謝します。わからないことが出てきたら、また何かお願いするかもしれません」

児玉は「同じ警察の仲間として」と付け加え、先に会議室を出て行った。

尾藤の胸のうちには、慇懃無礼な捜査官への苛立ちと一緒に、土門誠という人物への興味がくすぶっていた。

その便りが届いたのは翌週のことだった。

職場で何気なく電子メールの受信ボックスを確認した尾藤は、送り主の〈土門誠〉という名前を見てぎょっとした。

土門のことは、科警研の同僚や上司に探りを入れていた。噂を集めた結果わかったのは、土門が大卒で警視庁に入ったらしいこと、プログラミングや化学分析が得意であること、誰もが認める科捜研のエースであること、などなど。

土門と面識のある先輩は「今まで会った技官のなかで一番頭が切れる」と言っていた。同じ技官である尾藤としては、目の前でそう発言されることに不満がないと言えば嘘になる。

その土門が自分に何の用か。思い当たるのは千葉県警の件しかない。尾藤は珍しく緊張を覚えつつ、メールを開く。文面は簡潔だった。挨拶（あいさつ）や自己紹介を省略して、いきなり用件から入っていた。

〈千葉の白骨遺体鑑定でお聞きしたいことがあります。お電話ください。〉

案の定だった。尾藤はさっそく、メールに記された番号に警電（けいでん）をかける。相手は一コール目の途中で出た。

「科捜研土門です」

低い男の声が耳朶（じだ）を打つ。受話器を握る手のひらに汗がにじんだ。

「メールいただいた、科警研の尾藤ですけど」

「どうも。ご遺体を鑑定されたのはあなたと伺いましたが、間違いありませんか」

丁寧な口ぶりに尾藤は安堵した。周囲からの評価が高い人間は、威圧的だったり、攻撃的だったりすることがある。土門はそういうタイプではないようだ。

「私が担当しました」

「白骨遺体の表面に、擦れたような痕跡はありませんでしたか?」

唐突な質問に戸惑いながら、記憶を掘り起こしてみる。

「……特になかったと思います。なぜですか」

「死後経過年数は約三年ということですが、比較的新しい損傷はありませんでしたか。たとえばスコップの先端で削られた痕とか、骨が折れた断片とか」

「それもなかったです。ですから、なぜですか」

「遺体が発見された際の状況は、県警から詳しく聞いていますか」

「聞きました。だから、なぜかって聞いてるんですけど!」

質問に答えない土門につい怒鳴っていた。隣席の同僚と目が合い、尾藤は気まずく頭を下げたが、土門本人は構わずマイペースで話を続ける。

「疑問に思いませんでしたか」

「何をですか?」

「白骨遺体は、数か所に分散して埋められていたんですよ。ここから何がわかりますか」

――質問しているのは私なんだけど。

鬱憤(うっぷん)を募らせながらも、尾藤は冷静に答える。

「遺体をバラバラにしてから埋めた、ってことでしょうね」

「その通りです。ただし尾藤さんの鑑定によれば、遺体の人物は身長一八〇センチ前後の四十代男性です。死後間もない遺体をバラバラにするのはかなりの重労働になります。犯罪のプロでないと難しい」

「なら、犯罪のプロがやったんじゃないですか」

「その可能性は低いと見ています」

「だから、何で？」

なかなか結論を口にしない土門を相手にしているうち、敬語を忘れていた。

「埋められていた場所の深さです」

土門は淡々と自説を語る。

「この依頼を聞いた際、最初に引っかかったのは発見時の状況でした。散歩中の飼い犬が、露出していた骨の一部に気づいたことから発見につながった。ここからわかるのは、遺体が埋められていた位置が浅かったということです。しかしプロの仕業だとすれば、これはいかにも不合理です。長身の男を細かくバラバラにするほど周到な犯人が、雨が降った程度で遺体が露出するような浅い穴を掘るでしょうか？」

尾藤は沈黙した。異論の差しはさみようがなかったからだ。言われてみれば、その推論には筋が通っている。

「他にも不審な点はあります。遺体は分散して埋められていましたが、その範囲は五メートル四方に留まっていた。せっかく別々に埋めたのに、そんなに近い距離では分けた意味が薄い。これらの状況から、遺体を遺棄したのはプロではなく、犯罪に慣れていない人間ではないかと仮説を立てています」

流れるような説明に耳を傾ける。今のところ、土門の説明に異議はない。

「ここで気になるのが、どのように遺体をバラバラにしたのか、という点です」

「どのように、とは？」

「先ほど言ったように、死後間もない遺体を分解するのは、慣れている人間でなければ難しい。ただ、素人でも簡単にバラバラにできる方法があります。時間を味方につけるのです」

「……白骨化してから、バラバラにしたってことですか？」

土門は「はい」と短く答える。

「正確には、犯人は別の場所に埋められて白骨化した遺体を、何らかの理由で千葉の山中に埋め直したのではないかと推測しています。念のため現地調査も行い、土壌成分や地形も想定してシミュレーションしましたが、この仮説と矛盾する要素は見つかりませんでした」

先刻、擦れたような痕や新しい損傷について尋ねられた理由がようやくわかった。運搬した際、あるいは土中に埋めた際、白骨遺体に傷がついていれば、土門の仮説を裏付ける証拠になり得る。

尾藤は密かに唾液(だえき)を飲みこんだ。

遺体発見の状況を聞いただけで、そこまで推測してみせた土門が怖かった。これまで研究者として優秀な人物を大勢見てきたが、土門は他の誰とも似ていない。

「ご遺体がどこから運ばれてきたのかは、さすがにわかってないんですよね」

「今のところは」

その返事を聞いて少し安心した。そこまでわかっていたらもはや神通力だ。

「来週、遺体の発見現場を再訪します。そこでヒントを探します」

「でもすでに一度、行っているんですよね。新情報が手に入りますか?」

「犯罪の現場にはあらゆる痕跡が残っています。たった一度の検分ですべての痕跡を見破れると思うのは、おこがましい考えです」

尾藤は唇を嚙んだ。他の領域では土門のほうが優れているとしても、形質人類学なら自分の右に出る者はいないと自負している。現場に足を運べば、土門が見落としている何かを拾い上げることができるかもしれない。

受話器を強く握りしめ、尾藤は腹から声を出した。

「私も同行させてくれませんか」

助手席の尾藤は、暇を持て余していた。

セダンを運転する土門と千葉駅前で合流したのが午後一時。京葉(けいよう)道路から館山(たてやま)自動車道に入り、高速道路をひたすら南下している。ここまでおよそ一時間、車中の会話は一言もない。ハンドルを握る土門はまっすぐにフロントガラスを見つめている。ロボットのように運転が正確なのはいいが、制限速度をきっちり守っているため後続車に次々追い抜かれている。

——退屈すぎる。

初対面なのだから、多少気まずいのは仕方ない。だがまともな社会人なら、気を遣って少しは話そうとするものじゃないか。少なくとも尾藤は気になる。この状況で平然としているのは、空気を読む能力が欠如しているせいとしか思えない。尾藤がここまで一言も発していないのは、もはや意地だった。話せばなんとなく負けた気がする。

駅で会った時から、服装に癖があると感じた。警察関係者が好むスーツではなく、なぜかベージュの上下を着ている。洒落ているわけではないが、妙に似合っているのがまた癪だった。長身で無駄にスタイルがいいせいだ。

男と二人きりでいて、こんなに退屈なことは今までなかった。絶世の美女とは言わないが、ルックスは悪くないほうだと思う。これまで付き合ってきた男たちは皆、尾藤の機嫌を取るためにあの手この手を使ってきた。それなのに土門は雑談一つしない。

デートではなく仕事であることはわかっているが、だとしても、人としてこの態度はどうなのか。頬のこけた横顔を観察していると、ふいに「何ですか」と土門が言った。

「いえ。別に」

「さっきから私の顔を見ているので、何かあるのかと」

正面しか見ていないと思っていたが、横も見えるらしい。どういう目の構造をしているのだろう。

「土門さん、おいくつですか」

口を開いた流れでつい、尋ねてしまった。土門は唇だけ動かして答える。

「三十歳です」

「同じじゃないですか。学部卒だから、警察入って八年目ですか」

「私が学部卒だとよくご存じですね」

一瞬だけ、瞳（ひとみ）が尾藤のほうへ動いた。土門に興味を持っていると思われるのが嫌で、尾藤はことさら不機嫌そうに答える。

「科警研の先輩から聞きました。有名人ですからね、土門さん。加賀副所長とセットで〈科捜研の砦〉なんでしょう？」

土門は無愛想に「そう呼ばれているらしいですね」と応じる。どことなく、この異名を歓迎していない気配があった。

「不満ですか？」

「少なくとも、嬉（うれ）しくはないですね」

「名誉な二つ名だと思いますけど。だいたい、指揮系統はどうなってるんですか？　副所長の直下にヒラの技官がついているなんて、聞いたことないですけど」

副所長といえば、科捜研では現場トップである。その下には各分野を統括する科長や係長といった役職があるはずだった。

土門は平然と言ってのける。

「私は特殊な例なんです。一応、第一法医科の所属ということにはなっていますが、実質的には加賀副所長の直下で仕事をしています」

土門の平板な口調からは、嫌味を感じない。

「どうしてそんな体制に？」

「加賀副所長から直接声をかけられました。組織の枠を超えて動ける遊軍を組成したい、というのが副所長のお考えのようです。しかし各所属長の反対を受けたようで、蓋を開けてみればメンバーは副所長と私しかいませんでした」

「でも、その二人でたくさんの事案を解決に導いてきたんでしょう。でなきゃ、〈科捜研の砦〉とは呼ばれない」

「ですから……」

初めて土門が言い淀んだ。

「……その呼び名に悪意がないことはわかっています。ただ、〈科捜研の砦〉という呼び名にプレッシャーを感じるのも事実です。最後の砦になるということは、失敗が許されないということでもあります。私が匙を投げれば、その時点で事件は迷宮入りするかもしれない。追い詰められるからこそ、常に死に物狂いで考えるわけですが」

「土門さんでも、重圧を感じることがあるんですか？」

「人間ですから」

尾藤は、土門の横顔がかすかに変化したのを見逃さなかった。苦味を嚙みしめるような口の端のゆがみ。若手でありながら科捜研を背負う、エースの苦悩が滲(にじ)んでいた。隣に座る男がようやくロボットではなく人に見えた。

高速道路を降り、海辺の駐車場に車を停め、二人並んで山道へと歩き出した。過去に来たことがある土門が先導する形になる。肩には鞄を提げていた。

一般道から脇道に入り、ハイキングコースをたどる。延々と続く階段を上りながら、尾藤はトレッキングシューズを選んだ自分に感謝した。一方、土門は革靴である。およそ歩きやすいとは思えないが、平地と変わらない様子で前進している。やっぱり機械のような男だった。

夏の晴天の下、二人は黙々と歩く。尾藤の息が切れはじめた頃、土門が右手の雑木林へと踏み出した。

「ちょっと。どこ行くんですか」

「現場はこちらです」

「先、言ってよ」

小声で毒づきながら後に続く。雑草を踏み分けながら少し進んだところで、土門が立ち止まった。周りは雑木に囲まれている。

「この辺です」

尾藤も足を止めて振り返る。山道からは四、五メートルといったところか。注視しなければいけないが、視線は届く距離だ。足元の土は大きくえぐられていた。警察が遺体を掘り返したためだろう。見回せば、同じような穴がいくつかあった。

土門は穴の傍らにしゃがみこんで、鞄からビニール袋と小さなスコップを取り出す。両手に手袋をはめ、手帳にメモを取りながら周辺の土を採取していた。

「何してるんですか」

「土を集めています」

「それはわかりますって。集めてどうするんです？」

「土壌成分を分析します。例のご遺体が別の場所に埋まっていたものなら、その土地の土壌が付着していた可能性があります。成分プロファイルがわかれば、元いた場所も特定できるかもしれない。手が空いているなら写真を撮ってもらえますか」

実際、尾藤は手持ちぶさただった。同行を申し出たのはその場の勢いだ。土門の指示に従うのは気が進まないが、棒立ちで見ているよりはましだろう。尾藤は差し出されたデジタルカメラを受け取り、現場の写真を収めた。

しばらく撮影を続けているとあることに気が付いた。雑木林の隙間から、かすかに町並みが見える。歩いている人の姿や、軒先の洗濯物も観察できた。職場でファイルの写真を見ているだけでは、決してわからなかったことだ。

「ここって、案外町から近いんですね」

独り言めいた尾藤の言葉に、土門は「そうなんです」と応じた。

「それも、私がプロの犯行ではないと推測する要因の一つです。山中に埋めるのはいいとして、この距離では人目につく恐れがある。下手をすると、作業中の姿を目撃されかねない」

「ご遺体はどうやって運んだんでしょうね」

「おそらく階段の下の際まで車を近づけて、そこから自力で持ち上げたのでしょう。白骨化していればそこまでの重量にはなりませんし、分割して運ぶのも容易です。何往復もするのは大変でしょうが」

尾藤は、見知らぬ犯人が汗みどろになって白骨遺体を運んでいる様を想像した。通行人のいない夜、たった一人で骨を運ぶ人影。誰かに見られないか怯(おび)えながら穴を掘り、いくつかに分けた遺体を捨てていく。ちょっとした物音にも恐怖し、逃げるように山道を走り去る。

「……孤独だったでしょうね」

「何か？」

土門が手を止めて振り向いたが、「いえ」とごまかした。犯人の心情を想像するなんて、科警研に入ってから初めてだった。土門が現場に足を運んだ理由が、少しわかった気がする。

土門は土だけでなく、石や植物も集めていた。一見無造作に収集しているようだが、彼なりの基準があるらしく、スコップの先で細かく選別している。ある穴のそばにしゃがみこむと、土門は唸るような声をあげた。

「どうかしました？」

応答はない。尾藤が横から覗きこむと、土門は指先で白く小さなものをつまんでいた。土にまみれ、部分的にちぎれていたが、それは花であった。

「なんですか、それ。土門さん？」

無言のまま、土門は手元にじっと視線を注いでいる。

「……今日来たのは正解でした」

「はい？」

土門は「いいえ」とだけ応じた。尾藤もそれ以上は説明を求めなかった。訊いたところで、教えてもらえそうにない。

作業を終えて山道を下っている間、先を歩いている土門がぽつりと言った。

「花でなければ、わからなかった」

「どういう意味ですか？」

土門は答えることなく、一定の間隔を崩さずに歩く。いつしか尾藤の足もそれに同調していた。

同じリズムで刻まれた二人の足音が、山道にこだましていた。

遺体発見現場で見つかったある「試料」は、捜査を劇的に進展させた。デンタルチャートの照会を経て、ほどなく茨城県内にある歯科医院のカルテから、遺体に該当する人物を特定することができた。

下山征介（しもやませいすけ）。同県内の製紙工場に勤務していた会社員である。

「ええっと。死亡したのが三年前と仮定すると、下山さんは当時四十二歳。職場の健康診断の記録から、身長は一八一センチでした。尾藤さんの鑑定データと一致する結果となりました」

千葉県警の会議室で、老眼鏡をかけた児玉が資料を読みながら説明していた。黙って聞いていた尾藤は、切りのいいところで手を挙げる。

「あの、いいですか」

「どうぞ」

「なんでこの人も一緒にいるんですか」

視線の先には、ベージュのジャケットを着た土門が座っていた。

捜査に進展があった、と児玉から連絡を受けたのが昨日。新たに依頼したいことができたからと県警に呼ばれたのだが、土門が同席することは知らされていなかった。児玉は何食わぬ顔で「聞きましたよ」と言う。

「例の試料を見つけたのは、お二人の共同作業の賜物（たまもの）なんでしょう。それなら二人一緒に聞いてもらったほうが、今後も動きやすいと思いましてね。同じことを二度説明するのは私も遠慮したいですから」

土門は無表情でそれを聞いていた。

尾藤はだんだん、土門を意識している自分がおかしいのかもしれないと思いはじめた。どうせ児玉は、科捜研にも追加で依頼をするつもりなのだろう。二人を呼んだのは便宜上の都合に過ぎない。

「それで、下山さんの家庭状況ですが」

児玉は話を先に進める。

「家族は妻と娘が一人。奥さんの下山佳世子さんに事情を聞いたところ、旦那さんは三年前の秋から行方不明になっていることがわかりました。捜索願は出ていません。その理由を尋ねると、以前から下山さんにはそういう癖があったということです」

「失踪癖があったんですか?」

尾藤が問うと、児玉は顔をしかめた。

「どうも酒癖が悪かったようですね。飲み歩いて家に帰ってこないのは日常茶飯事だったみたいです」

「だとしても、三年帰ってこなかったらおかしいでしょう?」

「でしょうね。職場にも同時期に無断欠勤を続けて、解雇されています。普通の配偶者なら警察に相談してしかるべきだ。まあ、佳世子さんが何らかの形で夫の遺体遺棄に関わっていると考えるのが妥当でしょう。現時点で客観的根拠はないですが」

客観的根拠。それを児玉が求めているのは明白だった。照明を反射して、捜査官の目が鈍く光る。

「第一の足固めとして、ご遺体が下山征介で間違いないことを確認したい。状況からも十中八九下山さんだとは思いますが、類似した歯科治療歴の方が他にもいるようなのでね。そのためのＤＮＡ鑑定を、尾藤さんにお願いできますか」

「それなら千葉県警でもできるでしょう」

「勘弁してくださいよ。いったん外に出した手前、こっちの科捜研には戻せません。それに白骨遺体のＤＮＡ鑑定は苦労すると聞きました。科警研、ひいては尾藤さんにしか、こんな難しい仕事は頼めません」

——よく言うよ。

愛想笑いを浮かべる児玉に、尾藤は内心で唾を吐く。どうせ最初からノーは言えないのだ。

「承知しました」と答えると、児玉は満足そうにうなずいた。

「次に、土門さん」

「はい」

ここまで黙っていた土門がようやく声を発した。

「並行して、下山佳世子が遺体遺棄に関わったかどうか検証してもらえませんか」

「それはかまいませんが、情報が少なすぎます」

もっともな意見だった。児玉が資料を置いて老眼鏡を外す。

「われわれの仮説をお話ししましょう。下山佳世子は今年の五月あるいは六月、茨城県内の山中に埋めていた夫の白骨遺体を、何らかの理由で移し替える必要に迫られた。たとえばですが、そこが掘削工事の現場に指定されたとかですな。作業員に見つかって、通報されることをおそれた。理由はともあれ、彼女が白骨遺体を運んだとしたら、自家用車を使ったのではないかと推測しています。ここまでよいですか」

「矛盾は見当たりません」

児玉は続ける。

「つまり、下山佳世子が白骨遺体を運んだと立証できれば、遺棄に関与した根拠になり得ます。もちろんNシステムや監視カメラで状況証拠は固めますが、直接証拠があるのが一番です」

Nシステム（自動車ナンバー自動読取装置）は、通過した車両のナンバープレートを自動的に撮影し、読み取る仕組みである。全国の主要な道路、インターチェンジなどに設置されている。下山佳世子の車が千葉県南部まで走行した記録が残っていれば、遺体遺棄の疑いはさらに濃くなるというわけだ。

「土門さんには、その直接証拠を見つけていただきたい」

「どのように？」

「方法はお任せします」

尾藤は口を挟むべきか迷った。児玉の注文はいくらなんでも無茶だ。被疑者が遺体遺棄に関わった証拠など、どう確保すればいいのか。実行したのが六月だとしても、すでに二か月近くが経過している。第一、下山佳世子はまだ疑わしいだけの一般人に過ぎない。彼女が所有する車や私物を鑑定するのはハードルが高い。

腕組みをした土門はしばし瞑目していたが、やがて瞼を開いた。

「結果はお約束できませんが、依頼は承知しました」

「さすが。話が早い」

児玉が満面の笑みを浮かべる。耐えかねた尾藤が割って入ろうとした直前、土門が「ただし」と付け加えた。

「下山佳世子と面会させてもらうことが条件です」

途端に児玉の笑みが固まった。科捜研の職員には捜査権も逮捕権もない。そのため、通常であれば事件の重要参考人と面会する必要はまず生じない。児玉は上目遣いに「目的は？」と問うた。

「ポリグラフ検査を実施します。当然、任意で」

――その手があったか。

尾藤は得心した。証拠がないのなら、被疑者本人から得ればいい。一転、児玉は慌てはじめた。

「待ってください。このタイミングで検査を仕掛けたら、被疑者だと伝えるようなものでしょう。相手を警戒させてしまう」

「任意の取り調べをした時点で、すでに警戒していると思いますが」

「せめて、もっと科学的な方法はないんですか。要するに嘘発見器でしょう？　そんなんじゃ直接証拠になりませんよ」

「私が言っているのは、精神生理学に基づいた隠匿情報検査です。そもそも嘘を見破るものではありません。もっと科学的な方法、という発言の意図もわかりかねます。それに方法は任せていただけるはずでしたが」

「そう言いましたが……」

「ポリグラフ検査の結果は、最高裁の判例で証拠能力も認められていますよ」

内心でほくそ笑みながら、尾藤は土門に加勢する。刑事部内からの反対意見が出ることを想定しているのか、児玉は苦い顔で不満をつぶやいていたが、じきに「わかりましたよ」と応じた。

「調整するんで時間をください。とにかく、ＤＮＡ鑑定とＮシステムの確認が先。終わったら土門さんの提案通り、下山佳世子へのポリグラフ検査を実施しましょう。それでいいですか」

「結構です」

児玉に見送られ、尾藤と土門は会議室を後にする。自然と横並びで廊下を歩いていた。

「他県の仕事ばかりやってて、いいんですか」

尾藤は何気なく訊いた。土門の所属は警視庁科捜研である。警視庁管内ではない千葉県警の事案に長々と関わることは、警察の縄張り意識を踏まえると異例の対応のように思えた。

「問題ありません」

「よく加賀さんが許してくれますね」

「むしろ、副所長からは庁外からの要請にも積極的に応じるよう勧められています。遊軍を作ろうと考えたのも、テリトリーに縛られずに仕事を受けるためだと聞いています」

加賀と土門のタッグが〈科捜研の砦〉と呼ばれていたことを思い出す。

「副所長は常日頃、こう話しています。自分の領分でないからと言って、持てる力を発揮しないのは社会全体にとって損失である。求められれば、可能な限り力を尽くすように」

土門も変わり者だが、加賀もなかなかの変わり者らしい。だが嫌悪感はなかった。むしろ清々(すがすが)しささえ覚える。

「噂に違(たが)わない、素敵な方ですね」

「私がこの世で最も尊敬している人です」

この男にも人の心があるらしい。尾藤はなぜだか、安堵していた。

翌月、尾藤は茨城県にある警察署内の一室にいた。

背もたれの高い椅子には下山佳世子が座っている。ショートカットの黒髪に薄いメイク。年齢は四十三歳。一見して平凡な中年女性に見える佳世子は、緊張した面持ちで質問がはじまるのを待っていた。すでに受検承諾書へのサインは済み、電極や呼吸測定用のベルトも装着している。目の前にはモニターが設置されていた。

土門は長机を挟んで、下山佳世子を横から観察する格好で座っていた。机上のノートパソコンには各種センサーの反応がリアルタイムで表示される。女性警察官が佳世子の背後に立ち、尾藤は部屋の隅にあるパイプ椅子に腰かけていた。

――科警研をパシリに使うとは。

これからポリグラフ検査が開始されるが、尾藤の出る幕はない。今日の仕事はポリグラフ検査の機器を運び、回収することだけだ。

すでにＤＮＡ鑑定は終えており、白骨遺体の人物は下山征介と確定している。Ｎシステムの記録からも下山佳世子が千葉方面へ向かった日程は判明しているが、遺体発見現場にいたかどうかは不明。千葉県警はこの検査の結果を待って、逮捕に踏み切るか判断するようだ。

土門からメールが届いたのは先週だった。

〈下山佳世子へのポリグラフ検査の件、科警研の装置を使用するので当日持ってきてもらえますか〉

「はあ？」

なぜ科警研の職員、それも自分がやらなければならないのか。尾藤はすぐさま警電をかけた。土門は今回も一コール目で出た。

「お疲れ様です。メールを読まれましたか？」

「なんですか、あれ。どうして科警研の装置使うんですか」

前のめりになって詰問する尾藤に、土門は淡々と応じる。いわく、ポリグラフ検査の実施にあたってどの組織の装置を使うかひと悶着(もんちゃく)あったらしい。警視庁か、千葉県警か、茨城県警か。どの組織でもポリグラフ検査は頻度が高く、すぐには予定を空けられないという。

そこで土門は科警研の法科学第四部に相談した。生物学を研究する第一部と違って、第四部では心理検査や文書鑑定、音声鑑定といった情報科学を扱う。確認したところ、検査装置の使用予定に空きがあることがわかった。

「だとしても、配送でいいでしょ」

「精密機器であり、配送は可能な限り避けたいそうです。それに直前まで使用予定もあるようで。前日に携帯型のポリグラフ検査装置を科警研で受け取って、当日茨城まで持ってきてください。セッティングや片付けはこちらでやるので、ご心配なく」

スケジュール上は都合がつけられる日程だった。だが、決定事項のような言いぐさには腹が立つ。

「なんで私なんですか。こっちもそれなりに忙しいんですけど」

土門は数秒黙ってから「見届けたくありませんか」と言った。

「何を?」

「捜査の行く末を」

数秒、沈黙が漂った。

「……私たち技術職員は依頼されれば全力で鑑定をこなします。一方、鑑定結果がどう活用され、捜査がどんな顚末（てんまつ）をたどったかについて知らされることはあまりない。この検査は、被疑者という科学鑑定の終着点を直接見届けられる唯一の機会なんですよ」

珍しく熱弁する土門の言葉は、尾藤の胸に染み入った。

尾藤はこれまで、研究や鑑定だけが仕事だと割り切っていた。それ以外の仕事を求められても、研究者である自分には対応できないからだ。反面、その割り切りは若干の寂しさをもたらしてもいた。警察の内部にいながら、あたかも外注業者のような立ち位置で依頼されることに、不満がないわけではない。

科学鑑定の終着点、という言葉には抗えない魅力があった。

こうして尾藤は、茨城の警察署まで足を運ぶことになった。使い走りをさせられた感は拭えないが、一応納得はしている。それに、土門が行うポリグラフ検査にも興味があった。果たして土門は、心理検査にまで手腕を発揮できるかどうか。

予備検査が終わり、本検査がはじまる。

「あなたは、下山征介さんの遺体が発見された場所をご存じですか」

佳世子は「いいえ」と答えた。

ポリグラフ検査では、関与した当人しか知り得ない事実について質問する。質問への回答を通じて、被検査者の皮膚電気活動や心拍、呼吸運動といった生理活動に対する変化を観察する。

白骨遺体の発見場所が千葉県南部であることは報道されているが、それ以上詳しい情報は公表されていない。土門はすべての質問に「いいえ」と答えるよう指示してから、パソコンを操作した。モニターに無関係な海辺の写真が表示された。ダミーの回答項目、いわゆる〈非裁決項目〉である。土門がどんな質問を用意しているのか、尾藤には知らされていなかった。

「遺体が発見されたのは写真の場所ですか」

「いいえ」

土門は次々にモニターの写真を切り替える。途中、山道の脇にある雑木林の写真が現れた。これが本当の発見現場、つまり〈裁決項目〉だ。しかし佳世子は平然とした表情で「いいえ」と答える。

尾藤は手のひらの汗を拭う。ポリグラフ検査に科学的根拠があるのは百も承知だが、被検査者の生理反応が得られなければ、まったく成果が挙がらないこともある。相手が反応を示してくれるかどうかは検査者の手技にかかっていた。土門の質問が空振りに終われば、被疑者に疑念を与えるだけに終わってしまう。

——何とかしてよ。

祈るような気持ちで、尾藤は二人のやり取りを見守った。

「次の質問に移ります」

土門は能面のような無表情で問いかける。

「あなたは、遺体が埋められた時期をご存じですか」

「いいえ」

今度はモニターに「本年一月ごろ」「昨年十月ごろ」などと表示される。裁決項目は「本年六月ごろ」だ。佳世子はこれにも平然と「いいえ」と回答した。その後も土門は、下山征介が殺害された方法や凶器について質問を続けた。被疑者は平坦な声ですべてに「いいえ」と答え続ける。

尾藤にはセンサーの反応が見えないし、専門外のため見たところでわからない。ただ、一切動揺を見せない佳世子を見ているうち、恐れのようなものが芽生えてきた。もし検査が失敗に終わったら。

懸念を無視するかのように、土門は変わらない調子で「次の質問です」と言う。モニターには見覚えのある花が映し出された。下側の細い花弁は雄しべにまぎれ、上側の卵形の花弁には赤い斑点がある。土門が遺体の発見現場で見つけた、あの白い花だった。

「この花を見たことがありますか?」

「……いいえ」

ここまで即答していた下山佳世子が、初めて返答に詰まった。被疑者は顔をこわばらせ、モニターを凝視している。尾藤は思わず腰を浮かせた。センサーを見るまでもなく、明らかに反応を示している。土門が再び問いかける。

「では、この花の名前も知りませんね?」

「知りません」

「この花は、ホ、シ、ザ、キ、ユ、キ、ノ、シ、タ、といいます」

佳世子は様子を窺うように、沈黙を守っている。

「よく似たユキノシタという植物に比べて、下側の二枚の花弁が細く短く、雄しべにまぎれています。これはホシザキユキノシタだけの特徴です」

「あの、それが何か？」

苛立たしげに佳世子が問いただす。土門は動じることなく、ゆっくりと語りかける。

「ホシザキユキノシタは、筑波山固有の植物種です」

その一言で何かを悟ったのか、佳世子の表情が一変した。瞳孔（どうこう）が絞られ、口元が引き結ばれる。

尾藤は、遺体発見現場からの帰りに聞いた土門の説明を思い出す。

――この花が千葉県南部の山中にあるのは、不合理なんです。何者かが、筑波（つくば）山から運んできたんですよ。白骨遺体の発見現場で見つかった以上、運ばれた要因は一つしか考えられません。そして、ホシザキユキノシタの花が咲くのは五月から六月にかけて。つまりその時期に、遺体が運搬されたと見るのが妥当です。

説明を聞きながら、尾藤の二の腕には鳥肌が立っていた。

花でなければ、わからなかった。現場からの去り際、土門はそう言っていた。その言葉の意味が知りたくて、後ほど尾藤も調べてみた。

ホシザキユキノシタは、花が咲いていなければユキノシタと見分けがつかないらしい。つまり、落ちていたのが花でなく茎や根なら、目視では判別できなかったということだ。土門の言葉は、花を見つけることができた幸運を祝うものだったのだと知れた。

科捜研や科警研では技術分野ごとに研究室が分かれており、それぞれにスペシャリストが所属している。土門のように、化学分析やプログラミングだけでなく、植物学にまで通じている研究員は異例と言ってよかった。

土門は黙りこむ佳世子に、執拗に念を押す。

「本当に、見たことがありませんか。筑波山にのみ咲いている花ですよ」

「ありません」

「では、筑波山に足を運んだことはありますか？」

「………」

とうとう、佳世子は答えるのを止めた。回答を拒否すること、それ自体が回答であるように尾藤には思えた。

やがて、土門が検査終了を告げた。佳世子はほうと息を吐き、恨めしそうに土門を見やる。その視線で尾藤は直感した。彼女は土門との騙しあいに敗れたことを、すでに悟っている。少なくとも、千葉県南部での遺体遺棄に関わっていることは間違いなさそうだ。

佳世子が女性警察官に連れられて出て行くと、室内には土門と尾藤だけが残された。

「結果はどうですか」

装置を手際よく片付けている土門に、尾藤は横から尋ねた。土門は手を止めずに答える。

「解析しないことには何とも言えません」

「手応えはあったんじゃないですか」

「そう見えたのなら、そうなのでしょう」

「一つ訊きたいんですが。どうして、あんな迂遠なやり方をしたんです？　花のことなんか訊かずに、筑波山に足を運んだかどうか、単刀直入に訊いてしまえばよかったのに」

土門はコードを束ねながら「最大限の効果を出すためです」と答えた。

「いきなり訊いてしまえば、彼女はただ『いいえ』と答えていたかもしれない。それでは動揺を引き出すことはできません」

土門は検査装置に視線を落とした。

「ポリグラフ検査では生理的な指標を観測します。被検査者が裁決項目に動揺するほど、指標の動きも大きくなる。つまり、単にノーと回答するよりも、疑心暗鬼に陥って考えこんでもらったほうが、指標の動きも明瞭になる」

「だから、最初にわざわざ花の話を？」

「ええ。彼女はあの花を見たことがあったのでしょうが、花の名前も、筑波山固有だということも知らなかった。だから私がそれらを教えた時、彼女はこう考えたはずです。警察は自分が筑波山へ行った証拠を握っているかもしれない、と」

ストレートに攻めるより、搦め手からじわじわと接近するほうが効果的な場合もある。土門の意図は見事に的中し、佳世子は疑心暗鬼に陥った。結果、「筑波山に足を運んだことはありますか？」という本命の質問に対して、うまく答えることができなかった。

尾藤は、土門の読みの深さに言葉を失った。質問一つにそこまでの深謀遠慮が潜んでいたとは考えつかなかった。形質人類学ならともかく、鑑定人としての総合力でどちらに軍配が上がるかは明らかだった。

悔しまぎれに尾藤は「でも」と言い募る。

「被疑者が現場で花を見ていなかったら成立しませんよね」

「変則的な手であることは否定しません。ただ、多数ある質問項目の一つですから、試してみる価値はあると考えました。それにポリグラフ検査も捜査官の取り調べと同じで、腹の探り合いです。多少の工夫を組み入れるのも、技術の一つではないですか」

今度こそ、突っ込みを入れる余地はなかった。尾藤は内心で白旗をあげる。

「検査装置、ありがとうございました」

片付けを終えた土門が、ケースに収めた装置を長机の上に置いた。

「……どうして警察なの？」

正面からその顔を捉えた尾藤は、思わず尋ねていた。

「そんなに優秀なら、どこに行っても一流の技術者として働ける。好きな研究に没頭することもできるし、収入も増やせる。なのにどうして？　捜査官に顎で使われる科捜研なんて、辞めちゃえばいいのに」

警察内部の同僚ではなく、同じ年齢の研究者として尾藤は言った。そこまで迷いなく仕事に才能を捧げられる理由がどうしてもわからなかった。

「同じ質問を尾藤さんにお返しします」

土門はかすかに、本当にかすかに、だが確実に笑った。

「私は形質人類学のスペシャリストに幾人もお会いしてきましたが、あなたほど洞察力に優れた人は他に知らない。博士号を取得されたなら、大学や企業に進む道もあったはずです。それを選ばず科警研に入庁されたわけを考えれば、おのずと答えは出るのではないでしょうか」

尾藤には高邁（こうまい）な理念などない。腕試しのような気持ちで入ったに過ぎない。しかし土門に真正面から問われたことで、心の片隅に芽生えた名状しがたい感情に気が付いた。

それは、警察職員としての自覚だった。

辟易（へきえき）しながらも、尾藤はいまだ警察組織に愛想を尽かせない。愚痴や不満をこぼしながら、才能を捧げているのは土門と同じだった。それはなぜか。警察の責務を全うすることが使命だからだ。

児玉に指摘された後、尾藤はすぐに警察法第二条を暗記した。そこには仕事の目的がはっきりと記されている。公共の安全と秩序の維持。その責務は、大学にも企業にも引き受けることができない。

「それと、科捜研は捜査官に顎で使われる存在ではありません」

土門は痕跡ほどの笑みを顔から消していた。

「私たちの主人は刑事部や警察幹部ではありません。科学です。科学は嘘をつかない。われわれ科捜研は真実を明らかにするため、科学の僕（しもべ）として働いているに過ぎません」

「警察を辞めようと思ったことは一度もない？」

尾藤の問いに、土門は「ありません」と即答した。

「私が科捜研を辞める時が来るとしたら、それは科学を信頼できなくなった時です」

うつむいた尾藤の顔には、苦笑が浮かんでいた。

――敵わないなぁ。

同じ年齢の鑑定人に、悔しさと同じくらいの共感を抱いていた。人間が科学を使っているなんて傲慢だ。正義を果たすため、科学の足元にすがっている存在こそが自分たちなのだ。

「後始末は済みました。そろそろ出ましょう」

土門は感傷などかけらも見せず、ドアへと向かう。その背中を追いかける尾藤の胸に、いつしか小さな炎が灯されていた。


夏の終わり、千葉県警は下山佳世子を死体遺棄容疑で逮捕した。

尾藤はその報告を電話で受けた。警電をかけてきた児玉いわく、逮捕の決め手はポリグラフ検査の結果だったという。

「あのデータのお陰で、被疑者が筑波山に足を運んだ確証が得られました。私も正直最初は疑ってましたが、いやいや、さすがに〈科捜研の砦〉と呼ばれるだけのことはある。蛇の道は蛇、ですな」

逮捕後の佳世子は概ね素直に犯行を供述しているという。夫を殺害したのが自分であることもすでに認めた。取り調べがスムーズに進んでいるのも、事前の証拠固めが奏功したようだ。

科警研の職員に捜査権はない。だが、捜査に不可欠なパーツを用意することはできる。直接逮捕することはできないが、それだけのことだ。警察職員であることには変わりない。

「……よかったですね」

「あ、もちろん尾藤さんの鑑定にも感謝していますよ。本当にお二人にはお世話になりました。今後もよろしくお願いします」

「次に依頼する時は、内容を整理してからにしてくださいね」

「もちろん、もちろん」

児玉は調子のいい返答をして、通話を切った。

仕事に戻るためデスクトップパソコンを起動すると、メールが届いていた。送り主はイギリス時代の指導教官だ。メールには、尾藤の取り組んでいる研究へのアドバイスが記されていた。末尾には、あなたが来てくれるならいつでも歓迎する、という一文が添えられている。

どう答えようか、と少しの間考えてから、尾藤は返信を書きはじめた。

——もう少しだけ、警察で頑張ってみます。


……この三年、ずっと悪夢にうなされていました。

死んだはずの夫が家にやってくる夢です。チャイムが鳴って玄関のドアを開けると、そこに血まみれの夫が立っている。手にはゴルフクラブを持っている。ええ、そうです。私が夫を殺すのに使った凶器です。

夫は無言で押し入り、ゴルフクラブで家のなかをめちゃくちゃに破壊するんです。逃げ惑う私や娘を追いかけ、家具や食器を破壊する。やがて、夫の振るった凶器の先端が娘の後頭部に当たって、血が噴き出す。うつぶせになった娘は二度と起き上がらない。

夢で死ぬのは私ではなく、決まって娘なんです。だから、悪夢なんです。

怖いですよ。目覚めるたび、夢でよかったと安心する。娘が生きていることに感謝する。でも、もしかしたら正夢になるかもしれないという一抹の恐怖が残るんです。死人が生き返るわけないのに。

毎日のように見ていたその悪夢を、留置場に入ってからは一度も見ていないんです。不思議ですよね。

きっと、捕まりたくない、捕まってはいけないと思いながらも、心のどこかでは発覚することを望んでいたのでしょうね。警察の方が家に来た時は驚きましたが、今はこうなることが運命だったと理解しています。

殺した理由は、以前話した通りですよ。夫が娘を性的な目で見るようになったから。

当時、娘はまだ小学二年生でした。夫がいない夜、一緒に寝ていた娘が泣いて抱きついてきました。事情を聞くと、浴室で夫に胸や股（また）を触られていること、それだけでなく夫が自分の陰部を娘に触らせていることもわかりました。

怒りで目の前が真っ白になりました。

夫を問い詰めると、開き直って弁解をはじめました。性的なことを教育するのは親の役目だ。自分は男としてではなく、父として指導しているだけだ。目がくらむほど愚かしい言い訳でした。

この会話が転機でした。放置すれば、娘はこの男からの性的虐待を受け続ける。かといって離婚は一筋縄ではいかないだろうし、別れることに成功しても付きまとってくるかもしれない。警察や役場に相談しても、すぐに動いてくれないことはわかりきっています。結論はすぐに出ました。憂いを断つには、殺すしかない。

腹をくくってからは早かったです。娘のためには私が捕まってはいけない。だから、誰にも見つからない場所に死体を埋めることにしました。いくつかの場所を下見して、人気のない筑波山の山中を選び、数日かけて深い穴を掘りました。

殺害は念入りに計画しました。まず、私自身が精神科に通って不眠を訴え、睡眠導入剤を手に入れました。昏睡させる効果があるのかどうかも検証しました。夫が飲むビールに混ぜて、しっかり眠っていることを確認しました。

決行の夜は娘を実家に預けました。

夜、計画通りに自宅で眠りこんだ夫を殺しました。浴室に閉じこめて、練炭を焚いたんです。思った以上にあっけなくて驚きました。

死んでいるはずなのに、なんだか生きているみたいな見た目で気持ちが悪かった。だから念入りに、間違っても動き出さないように、夫のゴルフクラブで何度も殴りました。もう死んでたと思うんですけどね。ゴキブリって、殺したつもりでも生きてたりするじゃないですか。あれと一緒の感覚ですよね。

車のトランクに死体を入れて、筑波山まで走りました。掘っておいた穴に死体を投げ入れて、上から土をかければ仕事は完了しました。

とても清々しい気分でした。これで夫のいない人生がはじまる。

それからしばらくは、忙しいながらも充実した日々でした。娘もすっきりした表情で過ごすようになりました。例の悪夢だけが辛かったですが、生活そのものは順調でした。殺してよかったと、今でも思っています。

調子が狂いはじめたのは、地震が起こってからです。今年の五月、茨城県南部で震度六弱の地震が起こったあの日。死者も重傷者もいなかったので、あまり報道されませんでしたね。ただ、各地で地すべりがあったと聞きました。

その日から妄想にとりつかれるようになりました。土中に埋めた夫の死体が、地すべりで出てくるんじゃないかという妄想です。たぶん、あの悪夢のせいです。地面から這い出てきた夫が、娘を殴り殺すのではないかという夢。

その後数日、余震があるたびにビクビクしていました。ここはダメだ。もっと別の場所に死体を埋め直さないといけない。

ちょうど六月、娘が二泊三日の宿泊学習で家を空けました。娘に内緒で死体を移動せよ、という神のお告げに違いない。私は三年ぶりに筑波山へ足を運びました。

幸い、夫を埋めていた場所では地すべりが起きていませんでした。しかし安心はできない。ヘッドライトをつけて、死体を掘り返し、白骨化した死体をビニール袋に詰めていきました。最初の夜はその作業だけで時間切れになりました。

日が昇り、太陽の光がさしこんだ瞬間、思わず悲鳴をあげていました。

周囲一面に花が咲いていたんです。名前も知らない小さな白い花が、びっしりと地面を埋め尽くしていました。その花は、気味が悪いくらい群生していたんです。逃げるように白骨遺体を車のトランクに入れて、山を下りました。

ホシザキユキノシタ――ですよね？

覚えました。まさか花からばれるとは思いませんでした。

次の日の夜、車でひたすら南下して遺体を埋め直す場所を探しました。海に捨てることも考えましたが、漂着しそうで嫌だった。さんざん走り回った末に千葉県南部の山の麓（ふもと）にたどりつきました。

夜更けで、心身ともに疲労はピークでした。もうどこでもいい。どうせばれやしない。やけくそな気分で穴を掘って、骨を埋めました。娘が帰宅する直前に家にたどりついて、どうにか取り繕うことができました。

死体を埋め直してからは、また穏やかな気持ちになりました。これで死体が見つかることはない。娘と元通りの生活を送れる。

そう信じていたので、自宅に警察の方が来た時は心臓が止まりそうなほど驚きました。どこで間違えたのかわからなかった。夫を殺したことも、土の中に埋めたことも正解だったはずなのに。

それでも絶対、捕まるわけにはいきませんでした。娘を一人にはさせない。娘のために刑事さんの取り調べも耐えたし、訳のわからない検査だって乗り切れると思った。

あれさえ、あの花さえ、出てこなければ我慢できたんです。死体を掘り起こした時、びっしりと咲いていた小さい花。忘れようと思っても忘れられなかった。指の先が凍ったみたいに冷たくなって、何も言えなくなりました。

……はい？

いえ、いくつかに分けて埋め直すことは最初から決めていました。だって、そのほうが生き返りにくいじゃないですか。

わかりませんか？

別々の場所に埋めれば、一つの身体には戻らないじゃないですか。頭があって、腕があって、胴体があって。別々に埋めるほうが安心じゃないですか。そうでしょ。イメージできませんか？

なんで通じないんだろう。私、おかしいこと言ってますか？

尾藤の眼前には、見覚えのある建屋がそびえていた。

東京都千代田(ちよだ)区霞(かすみ)が関(せき)、警察総合庁舎。桜田門(さくらだもん)駅から徒歩一分の距離にあり、振り返れば内堀(うちぼり)通りを挟んで皇居がある。

ここに来るのはいつ以来だろうか。入庁した直後に研修か何かで来た記憶があるが、正確には思い出せない。いずれにせよ、一人で来訪するのは初めてだった。

庁舎に足を踏み入れた尾藤は、エレベーターで目当てのフロアまで上昇する。目指しているのは警視庁科学捜査研究所だった。手のひらに汗が滲んでいる。学生時代なら、誰が相手だろうが怯(ひる)むことなどなかった。それなのに明らかに緊張を覚えているのは、相手の名前にたじろいでいるせいなのか。この私が？

——勘弁してよ。

ここへ来ることになったきっかけは、一週間前に受けた警電だった。何気なく受話器を取った尾藤の耳に、聞き覚えのある声が届いた。

「科捜研土門です」

ああ、と反射的に声が出た。千葉県警の事件以来、連絡は取っていなかった。会話するのはおよそひと月ぶりだ。

「尾藤です。何か？」

「頼みごとがあります。単刀直入に申し上げると、科捜研で尾藤さんに講義をしていただきたいのです」

「ちょっと待って。今、なんて？」

さすがに単刀直入すぎる。無駄を嫌う男だとは思っていたが、もはや効率的を通り越して意味不明だった。

土門が説明するところによれば、千葉県警の一件は他組織との連携が功を奏した事例として、科捜研内部で評判になっているらしい。それに伴い、白骨遺体の鑑定を担った尾藤宏香の名前も知れ渡っているのだという。

「科警研に着目に値する若手がいるという噂は前々から広まっていましたが、この件でさらに名を揚げた格好ですね」

同じ年齢の土門は嫉妬など微塵も見せず、淡々と話した。そんな噂が広まっていたとは、当人はまったく知らなかった。

「それはいいけど、なんで講義になるんです?」

全国の警察職員に対して技術的なレクチャーをすることは科警研の業務の一つである。もっとも、入庁三年目の若手が講師をやるという話はあまり聞いたことがなかった。

「加賀副所長が、尾藤さんをいたく買っていまして。科捜研の技術力強化のため、形質人類学の講義をしていただきたい、と。よろしいですか?」

「いや、まあ」

「引き受けていただけるということでいいですね?」

〈鑑識の神様〉からの頼みを断ることができる技官など、いるはずがない。尾藤はほとんど自棄で答えた。

「加賀副所長のご指名ですから」

「ありがとうございます。では、日程ですが……」

土門はてきぱきと日程や細部の調整を進めた。そして今日これから、警察総合庁舎でいよいよ講義がはじまる。

科捜研のフロアに到着した尾藤は、指示されていた大会議室に直接向かった。ドアの前では無表情の土門が待っていた。

「お久しぶりです」

声をかけると、土門はにこりともせずに振り向く。相変わらずだ。

「こんにちは。遠方から恐縮です」

「どういたしまして」

会話は無機質だが、以前ほど苦ではなかった。土門という人間に慣れてきたせいかもしれない。さっそく大会議室の様子を窺おうとしたが、「その前に」と土門に呼び止められた。

「副所長に挨拶していただけますか」

そう言うなり、尾藤の返事も聞かずに歩いていく。

──無駄を嫌がる割に、そういうところはきっちりしている。

通されたのは、副所長専用の執務室だった。土門はこだわりなく室内に入っていく。尾藤はその後ろから、「失礼いたします」とおそるおそる足を踏み入れた。加賀は部屋の奥にあるデスクで作業をしている最中だった。パソコンのモニターに隠れているため、顔は見えない。

「科学警察研究所の尾藤宏香です。本日はよろしくお願いします」

大声で告げてから一礼した。入庁以来、こんなに深く頭を下げたのは初めてだというくらい深いお辞儀だった。何しろ、相手は〈鑑識の神様〉だ。口のなかがからからに乾いている。ゆっくりと顔を上げると、咳払(せきばら)いが聞こえた。

次の瞬間、モニターの向こうから壮年の男性がひょこっと顔を出した。白髪に丸眼鏡をかけた顔は、どこか間延びした印象を与えた。

「あ、どもどもぉ。加賀ですぅ」

言葉には東北地方の方言と思(おぼ)しき独特のイントネーションが混ざっている。加賀は席を立ち、尾藤の前に来るとへらへら笑った。

「来てもらえるなんて嬉しいねぇ。いやぁ、この間の千葉県警の事件。土門君から話聞いてね、科警研に優秀な人がいるなぁと思って。うちも白骨遺体の鑑定はもちろんやるけども、復顔まで含めてあそこまできっちり迅速にやれる人ってなかなかいないから。これはうちでもしゃべってもらいたいなと、そういう次第で依頼させてもらったのよ」

――なんか、イメージと違うな……

目の前でべらべらと話している副所長は、一見してその辺にいる中年男性と変わりなかった。土門はその隣に立ち、顔色を変えずに話が終わるのを待っている。この人が、あの土門が〈この世で最も尊敬している人〉なのか。

「僕もどっちかっていうと物理系の人間なもんでね。プログラミングは不得手だから。土門くんは情報科学もできるからすごいよねぇ。尾藤さんもイギリスに留学してたって聞いたし、若い人は優秀だ」

話の終着点が見えず、尾藤はだんだん苛立ってきた。そばにいた土門に耳打ちする。

「この人、本当に加賀副所長ですよね？」

「間違いありません」

「ごめんねぇ、こんな副所長で」

加賀に言われ、どきりとする。小声で話していたのだが、なぜ聞こえたのか。ともかく、加賀はこれまでに会ってきた警察関係者の雰囲気とはかけ離れていた。

「ありゃ、もういい時間だ。じゃ、よろしく頼みます」

加賀は軽い調子で言い、デスクへ戻った。尾藤が再び一礼して去りかけた時、加賀が「あっ」と言った。

「一つ言い忘れてた。尾藤さん、スーパーインポーズ法の開発やってるでしょ？」

モニターから覗いた加賀の顔はどこか楽しそうだった。

「論文読みましたよぉ。画像処理に正規化相互相関使ってるよねぇ。あれでもいいと思うんだけども、実際は欠損もあったりするし、軟部組織も不確定でしょう？　だから幾何学パターンマッチングでやってみたほうが精度上がるんじゃないかな、なぁんて」

へらへらと笑う加賀を前に、尾藤は絶句した。

それはつい先日、イギリスの指導教官から受けたアドバイスとまったく同じだった。指導教官は形質人類学の専門家であり、長年この分野で研究を続けている第一人者である。生半可な知識の人間に、その人物と同じ助言などできるはずがない。プログラミングは不得手、と語っていたはずだが。

やはり、〈鑑識の神様〉の名は伊達ではなかった。

尾藤は息を呑んだが、当の加賀は不安そうに首をかしげている。

「余計なおせっかいでごめんねぇ。ただの思い付きだから、気にしないで」

「いえ。恐縮です」

「まあ、そう硬くならず。そんじゃ、後で」

ひらひらと右手を振る加賀に見送られ、尾藤は部屋を後にした。一緒に退出した土門と並んで廊下を歩く。いつしか緊張は解けていた。

「土門さん」

「はい」

「あの人の下で働けるあなたが、少し羨ましいです」

土門はにこりともせずに言う。

「自慢の上司です」

二人は肩を並べて、廊下を進む。不思議と歩調は一致していた。千葉の山中を歩いた時のことを思い出す。

終わりのない道を一人で歩くのはつらい。この道で合っているのか、この速さが正解なのか、常に不安と闘いながら歩むことになる。しかし誰かが先を歩いていれば、道標となってくれる。追いつき、追い越したくなる。そうやって苦闘しているうち、一人で歩くよりもはるかに速くなる。

——いつか絶対、土門誠を追い越す。

尾藤はひそかに土門の横顔を窺った。科捜研の最後の砦は、前だけを見据えている。

路側帯の亡霊

吐き出した紫煙が、喫煙所の天井でわだかまっている。

室内には十名強の警察職員がたむろし、揃って難しい顔で煙草を吸っていた。署内の喫煙所は常に混雑しており、煙が立ちこめている。三浦耕太郎は、険しい顔で黙って二本目を吸っていた。

――遅すぎる。

三浦の頭にあるのは、先日発生した転落事故の後始末だった。さほど難しい案件ではないため、さっさと片をつけてしまいたい。ただでさえ交通捜査課は多忙なのだ。今日は午前中から事故現場の実況見分、午後は急遽ひき逃げ事故の現場に向かい、先ほどようやく署に戻ってきた。もう五時を過ぎていた。これから上司への報告と、山のような書類作業が待っている。

よほどの重大事故でもない限り、いつまでも一つの案件に関わってはいられない。自分には、交通部交通捜査課の一員として円滑に仕事を処理する義務がある。昨年配属されたばかりの三浦は使命感に燃えていた。それなのに、である。

――やっぱり、科捜研に依頼したのが間違いだった。

舌打ちが出そうになるが、すんでのところで我慢した。喫煙所には先輩職員も多い。若手が生意気な態度を取っていたと思われるとまずい。

喫煙所のドアが開く。新たに入ってきたのはよく知っている先輩だった。

「吉田さん」

「おお、三浦」

吉田は交通捜査課の五年先輩である。三浦の隣で煙草に火をつけ、うまそうに煙を吸いこんだ。

「どうよ、最近は。慣れたか?」

「ぼちぼちです」

「今、どんな事案やってるんだ?」

警察職員にとって喫煙所は気分転換の場所であると同時に、情報交換の拠点でもある。三浦はここぞとばかりに愚痴をこぼした。

「転落事故の鑑定、科捜研に依頼したんですけど全然報告が上がってこないんですよ」

「鑑識は何やってんだ?」

「いや、実況見分調書はとっくに出てるんですよ。だから最低限の仕事はもう終わってるんですけど。でも死亡事故だし、鑑定を科捜研に頼むことになりました。うちの係長がそうしろって言うんで依頼しましたけど」

三浦はこれ見よがしにため息を吐く。

「科捜研って、やっぱり頭でっかちのやつらばっかりなんですかね。速さが大事だってこと、わかってねえんだよな。あいつらは時間かかってもいいかもしれねえけど、こっちはそんな暇ないんだよ」

「そんなもんだ。焦るな」

吉田に諭され、三浦は口をへの字に曲げる。

三浦が属する警視庁交通部交通捜査課では、重大事故やひき逃げ事件などの交通事案に関する捜査を担当する。三浦がこの課に配属されたのは昨年の秋だった。所属する係のなかでも最若手である。吉田は別の係だが、年齢が一歳しか違わないため、顔を合わせればこうしてよく話している。

「すぐに片がつきそうなのか？」

「結論は出てます。猿でもわかりますよ」

苛立（いらだ）ちと一緒に煙を吐き出した三浦に、吉田は鋭い視線を向ける。

「言葉遣い、気をつけろよ。わかりきったつもりでいると足元すくわれるぞ」

「……すんません」

「科捜研にも遅れる事情があるんじゃないか。こんなとこで愚痴こぼしてないで、いっぺん行ってみろよ」

正論を食らった三浦は居心地が悪くなり、「うっす」と煙草をもみ消して喫煙所を出た。

両手をポケットに突っ込み、背を丸めて廊下を歩く。

——事情なんか知ったことか。

警察は研究施設じゃない。じっくり研究がやりたければ、大学にでも行けばいい。捜査を迅速かつ正確に進めるためのサポートが科捜研の役割であって、足を引っ張っているようじゃ本末転倒だ。

自分の席についても、むしゃくしゃした気分は収まらなかった。キーボードを叩いて報告書を書いている間も、頭の片隅では同じことを考えていた。ひとりでに、科捜研の担当者の名前が思い出される。

土門誠。初めて聞く名前だった。

元より、三浦にとって科捜研と仕事をするのはこれが初めてだ。これまで事件現場の検証は、同じ交通捜査課に属する鑑識が担当してくれた。顔見知りの多い鑑識なら話もしやすいが、科捜研など拠点がどこにあるかすらよくわかっていない。

土門とはじかに対面したこともない。電話でのやり取りはあるが、やけにぶっきらぼうな対応だったことを覚えている。三浦は勝手に、眼鏡をかけた陰険な顔つきの男を思い浮かべていた。

——絶対ろくなやつじゃねえよ。

早くもニコチンが切れてきた。貧乏ゆすりをしながら報告書を書いていると、隣の席の先輩に「おい、三浦」と叱られた。

「ガタガタすんな。こっちまで揺れるだろ。気が散る」

「すんません」

頭を下げると、一回り年上の先輩はこれ見よがしにため息を吐いた。三浦は無表情で作業を続けながら、心のなかで毒づく。

――大して仕事もできねえくせに、偉そうに。

隣席の先輩は、交通事故事件の捜査官としては古株である。大卒ノンキャリアで、年齢は三十代後半。出世の早い同期は警部や警部補に昇進しているというのに、巡査部長で長らくくすぶっている。自分は絶対にこうはならない、と三浦は決心していた。無能な職員は警察組織のがんだ。ぼんやり仕事をして給料を取るくらいなら、さっさと辞めてくれたほうが人件費の節約になる。

考えているうち、また苛立ちが募ってくる。きりのいいところで報告書作成を切り上げた三浦は、再びいそいそと喫煙所へ消えた。


警察署の会議室の一角で、三浦は土門誠の風貌をしげしげと観察していた。勝手に想像していた土門の見た目と、目の前の男を重ね合わせる。

――半分、当たったな。

眼鏡はかけていないが陰険な顔つきではあった。正確には陰険というよりも、徹底した無愛想というべきか。心の底が見えない真顔で、どこか機械じみている。高い身長は三浦と同じくらいだが、体型は細い。柔道三段の三浦が組み合えばまず負けないだろう。

無言の三浦を訝しむように、土門が「何か？」と問う。

「いえ。ちょっと考えごとを」

土門がここにいるのは、例の転落事故に関する打ち合わせのためだった。対面して話がしたいと、土門のほうから申し出たのだ。三浦は「こっちも忙しいんで署まで来てください」と答えた。向こうのほうがやや年上だが、科捜研ごときに気を遣うつもりはない。

「時間がもったいない。本題に入りませんか」

ベージュのジャケットを着た土門は鞄からファイルを取り出す。

「まあまあ、もう少し話しましょうよ」

余裕を見せつけるため、三浦はあえて薄笑いを浮かべる。これは取り調べでも使う手だった。

飲酒運転や居眠り運転の末に重大事故を起こしたドライバーは、取り調べでの反応が大きく二つに分かれる。すぐに自分の過失を認める人間と、どうにかしてごまかそうとする人間だ。

後者のドライバーを相手にする時、三浦はすぐには本題を切り出さず、仕事や出身地などの雑談めいたことを話す。相手の本心を見透かしているかのような嫌味な笑みを浮かべるのがコツだ。そうすると、相手が勝手にプレッシャーを感じはじめる。目の前の捜査官はなぜ事故に触れないのか、と。容疑者を疑心暗鬼に陥れれば、精神的に優位に立てる。

「〈科捜研の砦（とりで）〉、ですよね？」

三浦は昨日、先輩から仕入れた情報を披露した。

「とんでもなく優秀だと聞きましたよ。科捜研の上司とコンビで、警視庁の外の仕事にまで首突っこんでるとか」

「首を突っこんでいるのではなく、依頼に応じているだけです」

「科学鑑定の最後の砦――〈科捜研の砦〉ねぇ。カッコイイなぁ」

最後の一言は皮肉をたっぷりと込めた。土門は口以外、顔のパーツをぴくりとも動かさずに答える。

「そう呼ばれていることは知っています。好きではないですが」

「へえ。名誉なことなのに？」

「私は名誉とは思っていません。そんな称号は重荷でしかない。そうやって持ち上げる人ほど、一度でもミスをすれば手のひらを返すことはわかっていますから」

ふん、と三浦は鼻から息を吐く。どこまでも冷静な態度が気に食わない。どうにかして、やりこめてやりたかった。

「専門は何ですか？」

「一応、法医学ということになっています」

「なんで、法医学の専門家がうちの鑑定を担当しているんですか？」

三浦は土門が第一法医科所属であることを、事前に確認していた。科捜研の職員は、専門ごとに第一法医科や第二法医科、物理科や文書鑑定科といった各科に所属している。交通事故の現場鑑定を担当するのは、普通、物理科のはずだった。

土門は三浦の問いに淡々と答える。

「確かに、所属の上では法医学の専門ということになります。ただ、求められればどのような事案であっても鑑定に従事するよう指導されています。本件に関しては私が適任であると、上司が判断したのでしょう」

「上司って？　係長がそう判断したんですか？」

「加賀正之副所長です」

三浦は返答に詰まった。警察組織の一員としては、副所長、と言われるとさすがに文句をつけづらい。

それに、その名前は鑑識から聞いたことがある。塗料の分析法を開発した実績があるとかで、交通捜査課でも名の知られた鑑識員だった。噂では、〈鑑識の神様〉とも呼ばれているらしい。

三浦はなかば意地になっていた。

「はっきり言って、土門さんが担当するのはお門違いなんじゃないですか？」

「仕事を割り振ったのは私ではないので。訴えたいのであれば副所長へどうぞ」

「本当に交通事故のことがわかるんですか。時間もかかりすぎだし」

「その経緯を説明するために、この打ち合わせを設定したんです」

涼しい顔で答える土門は、ファイルから取り出した書類を三浦に手渡した。

「無駄話はこの辺にして、本題に入りましょう。交通捜査課もお忙しいでしょうが、科捜研もそれなりに多忙なので」

小馬鹿にするような物言いに、三浦はますます苛立つ。舌打ちを飲みこみ、血走った目を手渡された書類に落とす。振り返りのため、土門が事件の概要を語りはじめた。

——お手並み拝見といこうじゃねえか。

少しでも粗があれば、容赦なく突っ込んでやるつもりだった。


事故が発生したのは六月下旬、雨の深夜。

都内西部の川沿いを走行していたコンパクトカーがハンドル操作を誤り、ガードレールに衝突。三名の乗員のうち、男性一名が車外に投げ出され、崖下(がけした)の河川敷に全身を強打して死亡。他の二人も打撲などの軽傷を負った。

亡くなったのは都内に住む二十一歳の大学生、金井征輝(かないまさき)。同乗していたのは金井の友人で、同じく大学生の森周平(もりしゅうへい)と中村星菜(なかむらせいな)。衝突時、金井がハンドルを握り、森は助手席、中村は後部座席に座っていたと証言しており、二人は衝突時、車外に投げ出されてはいなかった。三名とも事故前に飲酒しており、シートベルトはしていなかったという。

森と中村の証言を元に、事故に至る経緯をまとめると以下のようになる。

大学の友人である三人は、半年ほど前から一緒に遊ぶようになった。事故当日も、三人は午後七時ごろから居酒屋で飲食をしていた。酒が入った三人の会話は盛り上がり、近いうちにローラーコースターで有名なテーマパークへ行こうという話になった。三人とも、いわゆる絶叫マシンに乗るのは好きだった。

するとと、泥酔した金井がこんなことを言い出した。

「今から俺の車でやればよくない？」

一人暮らしの金井はコンパクトカーを所有していた。その車でこれから人気のない場所へドライブに出て、限界までスピードを出す「度胸試し」をやろうという。当然ながら、飲酒運転は違法である。だが、森と中村は反対するどころかその場の勢いで賛同してしまったのだという。

居酒屋から金井のアパートまで歩いた三人は、泥酔している金井の運転で西へと向かった。この時すでに午前〇時前後。日没から降りはじめた雨は、勢いが弱くなっていたもののまだ降り続いていた。都心から遠ざかるにつれて前後を走る車は減っていく。人気の少ない川沿いに出ると、とうとう見渡す限り一台の車も見当たらなくなった。金井の家を出発して、すでに一時間近くが経っていた。

金井は直線道路でアクセルを踏み込んだ。助手席に座っていた森の証言によれば、時速八〇キロ程度だという。

事故が起こったのは、カーブへと差しかかる地点である。

道路は右手へと緩やかな曲線を描いていた。しかし金井は酔いのせいか、ほとんど減速せずにカーブに差しかかった。森が注意したところ慌てて右にハンドルを切ったが、今度はハンドルを切りすぎ、車体の前面右部からガードレールへ突っ込んだ。

衝突時の衝撃で、運転席横のフロントドアが開き、金井は車外に投げ出された。落下した金井はコンクリートの護岸に全身を強打し、即死したとみられる。他の二人は首や腰を打撲したが、目立った後遺症はなく、いずれも全治二週間程度であった。荷室を含め、車内にはほとんど物が置かれていなかった。

その後、車から脱出した森が携帯電話で救急に通報したのが午前一時四十二分。森と中村は、酒酔い運転の車に同乗した罪で道路交通法違反に問われる見込みである。なお、二人の証言に大きく食い違う点はなかった。

「……これのどこに、手間取る要素があるんです？」

三浦は棘の目立つ口ぶりで問うた。

「どう見ても、馬鹿な大学生が酒飲んで起こした死亡事故でしょう。歓迎すべきじゃないが、よくある事故だ。死者が出たのは重大だけど、だからといって現場検証の大変さが変わるわけでもなし」

「もちろんです。死者が出ようが出まいが、手を抜くことはありません」

「だったらさっさと結果くださいよ」

資料を見ていた土門が三浦を一瞥した。一瞬だが、その眼光の鋭さにたじろぐ。

「事故現場に整合性の取れない痕跡がありました。資料の二ページ目を見てください」

言われるがまま資料をめくる。そこには、事故現場を上から俯瞰した図が掲載されていた。実況見分調書の見取図をもとに、土門が描画ソフトを使って作成したらしい。路上に残されたタイヤ痕や擦過痕はもちろん、ガードレールの破損状況や、各地点での推定速度まで細かく書き込まれている。

「路上には色濃いタイヤ痕が残されていました。ABS非装着車であったためです」

「知ってますよ、それくらい」

三浦はすぐさま言い返す。ABS（アンチロック・ブレーキ・システム）が装着された車では、強くブレーキを踏んでもタイヤがロックされない。減速中の障害物回避などを容易にするためだ。しかし金井の運転していたコンパクトカーにはABSが装着されておらず、ブレーキを踏んだ地点から衝突地点まで、ロックされたタイヤによる痕跡が強く残されている。

「道路上に印象されたタイヤ痕から、森さんや中村さんの証言は概ね正しいと推測されます。カーブの手前で突如、右方向に急カーブ。その後、右前部から斜めにガードレールと衝突しています」

「それももう鑑識が確認してることですよ。あんた、科捜研でしょう。何のために鑑定してるんですか？」

「しかし、証言と一致しない箇所もあるのです」

三浦の嫌味を無視して、土門は説明を続ける。

「森さんの証言によれば、ブレーキをかける前の車速は時速八〇キロ程度とのことでした。ですが、ガードレールの破損状況を踏まえれば、もっと速度が出ていてもおかしくない。そこで、車速を詳細に推定することとしました」

三浦はすでに眠くなっていた。退屈な講義を受けている気分だ。

「三ページ目をご覧ください。ガードレール衝突時の車速は、エネルギー保存則から《式1》の通りに導出できます。式が示す通り、車両の質量、ならびに車両とガードレール支柱各々のエネルギー吸収量が代入できれば、車速は算出できます。車両の質量は車種からわかりますし、車両のエネルギー吸収量も既存の分布図から推定できます。つまり、必要なのはガードレール支柱の吸収量で……」

「ちょ、ちょっと待って！」

突然、土門の言っていることがわからなくなった。耳慣れない外国語を聞かされているような気分である。

「言っていることの意味がわからない」

「そうですか。では、少し省略しましょう」

――最初からそうしろよ。

胸のうちで毒づきながら、三浦は必死で文字を目で追う。

「要は、衝突した時のエネルギーと、ガードレール支柱が曲がる角度の関係がわかればよいのです」

「はあ。そうっすか」

「そこで実験を行いました。簡潔に言えば、ガードレール支柱を横向きに固定し、そこに重さを変えた錘(おもり)を落とすという実験です。結果は省略しますが、そこから算出されたエネルギー吸収量を用いたところ、ブレーキを踏む前に時速一〇〇キロ前後は出ていたと推測されます」

資料には実験の様子を撮った写真も掲載されていた。三浦は薄々、土門の報告が遅れていた理由を察する。こんな大がかりな実験をしていれば、報告まで時間がかかるのは当たり前だ。

――もはや趣味だろ、こんなの。

三浦は目をすがめ、「土門さん」と呼びかける。

「何でしょう」

「悪いけど、これほとんど意味ないっすよ。事故を起こした側の当事者がスピードを実際より遅めに申告するなんて、よくあることなんですよ。取り調べやったことない人にはわからないでしょうけど。時速八〇キロだろうが一〇〇キロだろうが、罪の重さが変わるわけじゃないし、結論は変わらない」

「そうとも言い切れません」

土門の顔色は、憎らしいほど変わらない。

「次のページの図には、捜査復命書に記載されていた救急隊員からの聴取結果をもとに、車両と金井さんの遺体の位置関係を示しています。この図を見て、何か気が付くところはありませんか」

三浦は資料を睨んだ。コンパクトカーは右前部から斜めにガードレールへ突っ込んでいる。遺体は崖のほぼ直下にあった。発見された時にはうつぶせで倒れていたという。前方右側のドアは開いている。なお、助手席側のフロントドアや、後方のドアはいずれも衝突時に閉じていたという話だった。

どれだけ見つめても、気が付くところなどなかった。険しい顔で黙りこんでいる三浦に、土門が待ちかねたように答えを告げる。

「金井さんの遺体が、車と近すぎるんです」

そう言われても三浦にはピンと来ない。

「いや……そんなこと、言いきれますか？」

「時速八〇キロから減速し、さらにガードレールと衝突して転落したのであれば、あり得る距離です。しかしこれが時速一〇〇キロとなると別です。もう少し遠くまで飛ばされてしかるべきです」

「飛び出す時、車体に引っかかったとか」

「調書によれば、遺体や衣類にそのような痕跡はありませんでした。それにもかかわらず、金井さんの遺体はほとんどと言っていいほど車から離れていない。不合理です」

三浦は腕を組んで唸る。時速八〇キロと一〇〇キロの違いに、意味が生まれた。

「……何が言いたいんです、土門さん」

「車速と遺体の位置が、整合しないということです」

「具体的に言ってください。事故後に、誰かが遺体を動かしたって言いたいんですか？」

「可能性としてはあり得ます」

土門は断言を避けた。現時点で言えるのは、あくまで遺体の位置が不自然である、ということだけらしい。

金井が転落後に即死したのは、状況から明らかだった。車から落ちた直後はかろうじて生きていて、動いた後に絶命した、というのも考えにくい。道路と河川敷の高低差は七メートル近くある。となると、事故後に誰かが動かしたと考えるしかない。その犯人として最も怪しいのは、森と中村だ。

簡単に片が付くはずの事故が、にわかに事件性を帯びてきた。

「仮に遺体が動かされたなら、本来はどこに落ちてたんですか」

「雨に流されているので血痕からは追えません。ただ、計算上はおおよその位置を導き出すことができます。発見された場所より三、四メートルは川寄りですね。映像でも記録されていれば、さらに詳細がわかったんでしょうが」

ドライブレコーダーはバスやトラックといった業務用車両ではある程度普及しているものの、マイカーなどの一般車両にはほとんど搭載されていない。あと十年もすれば一般的になるのかもしれないが、二〇一〇年現在はあまり使われていない。

「金井さんの遺体は？」

「……火葬済みです」

苦々しい顔で三浦は答える。事件性なしと判断されれば、遺体は遺族のもとへ返されるのが原則だ。警察も確たる理由なしにいちいち保管はしておけないし、遺族だって理由なく待ってはくれない。

「では、遺体の損傷具合を検証し直すことは不可能ですね」

「もう一回やつらを締め上げるか」

三浦は右拳を固め、左手に叩きつける。推測される車速が証言より速かったことを武器に、証言の不審点を突く。相手はたかが大学生だ。執拗に攻めればいずれボロを出す。遺体を動かした理由もおのずと吐くだろう。

いきり立つ三浦と対照的に土門は冷静だった。

「現時点では、お二人に訊いたところで何も出てこないかもしれません」

「は？」

「車速に関しては、メーターを見間違えたと言われればそれまでです。実際そうなのかもしれません。私が知りたいのは車速を見間違えた理由ではなく、遺体の発見位置が不自然であることの理由です。森さんと中村さんが何らかの情報を秘匿しているとしても、この手札だけで吐くとは考えにくいでしょう」

「甘いな。吐かせるんですよ」

三浦は片頬だけで笑ってみせた。ここからが、捜査官の腕の見せ所だ。頭でっかちな技官にはいつまでも任せていられない。

――見てろよ。

土門の表情を窺うと、能面のような顔つきで資料をじっと見つめていた。

「てめえ、ふざけんな」

取調室に三浦の低く抑えた声がこだまする。目の前に座る森周平は、うつむいたまま微動だにせず、その口からは何の言葉も発せられない。長身で野暮ったい見た目の森からは、一見して朴訥な印象を受ける。少し威圧すればすぐに吐くだろうと踏んでいたが、意外にもしぶとい。

事故から二か月近くが経ち、森と中村星菜はすでに道路交通法違反で在宅起訴されている。在宅起訴ということは、二人が口裏を合わせるのも可能ということだ。

「なんで遺体を動かした？」

三浦の足は勝手にリズムを刻みはじめる。苛立った時の貧乏ゆすりだ。

「ですから、僕も中村さんも、遺体を動かしてなんかいないです」

森は三浦と目を合わせようともしない。その態度がさらに不審さを感じさせるが、ただ緊張しているだけとも取れる。

「何度も説明させせんな。遺体の位置が整合しないのは、科学的に立証されてる。お前らが動かしたとしか考えられない。事故後に河川敷へ下りて、動かしたんだろ」

土門のデータに頼るのは癪だが、使える根拠はそれしかない。

「だから、僕と中村さんがやったという根拠は？　何度も同じこと訊いてますよね」

「現場にお前らしかいなかっただろ」

「警察の人が動かしたんじゃないですか。僕も中村さんも怪我してたし、それどころじゃなかったですよ。だいたい何のために動かすんですか？　転落した遺体を動かして、僕にメリットがありますか？　道路から河川敷に下りるのだって簡単じゃない。そこまでする動機がないですよ」

三浦は舌打ちを隠さなかった。この部屋に入ってからというもの、森は調教されたオウムのように同じ台詞を繰り返している。実のところ、前日に取り調べを行った中村もよく似た応答を繰り返していた。

「遺体なんて、怖くて触れるわけないです」

そう言ってぼろぼろと泣いていた。中村は取り調べの最中に泣き出すことが多く、三浦はその態度にも辟易していた。すぐに感情が乱れる相手には意外と脅しが効かない。脅そうが脅すまいが、勝手に混乱するからだ。

再度質問しようとした寸前、森が唐突に立ち上がった。

「そろそろ失礼します」

なかば啞然としつつ、かろうじて「何やってんだ」と咎めた。しかし森は着席するどころか、不満げに三浦を見下ろしている。

「飲酒運転についてはすでに起訴されています。この取り調べは任意ですよね？」

「いい加減にしろ」

「今日のことは弁護士に話しておきます。起訴後になって警察が掘り返すのは、原則的に許されないんじゃなかったですか。違法な取り調べが行われているとしたら、警察の問題になりますよね」

三浦は押し黙った。起訴後に被告人を取り調べることはないではない。たとえば、捜査の過程で起訴事実以外の余罪に関する証拠が出てくれば、当然追加で調べることになる。しかし現時点では、証拠と呼べるほどのものは手元になかった。遺体の発見位置が整合しない、というデータしかない。

強引な取り調べは外部からの批判の種になる。そういった諸々を考えると、三浦もこれ以上、強気に出ることはできなかった。

「……また、追加の証拠が出れば話を聞かせてもらう」

「失礼します」

まともに応じることなく、森は勝手に取調室から出て行った。普通、何も知らない素人がここまで堂々と振る舞うことはできない。事前に作戦を練ってきたか、弁護士あたりに入れ知恵されたのだろう。

――世間知らずが、舐めんじゃねえ。

取り調べの後始末を終えた三浦は、すぐさま喫煙所に駆けこんだ。立て続けに煙草を二本ふかす。ニコチンを入れても気分はまったく晴れない。

転落事故の進捗（しんちょく）は係長にもすでに上げていた。科捜研の鑑定結果も細かく説明したが、係長はさほど興味を示さなかった。遺体の位置についても「たまたまじゃないか?」と言い放ち、実験データに目を通そうともしない。だが、三浦には偶然とは思えなかった。土門の人柄はともかく、あの大がかりな実験から、仕事への真摯（しんし）さだけはひとまず買ってもいい。渋る係長をどうにか説得して、今も捜査を続けている。このまま結果が出なければ、係内での肩身が狭くなる。

――この手札だけで吐くとは考えにくいでしょう。

先日耳にした土門の台詞が蘇（よみがえ）る。気に入らないが、その推測通りになった。

三本目に火をつけたところで顔見知りが入ってきた。

「お前、すごい顔で吸ってるな」

吉田は三浦の隣に立ち、ライターで火をつける。

「自分が、ですか?」

「おう。人殺しそうな顔だったぞ」

機嫌が悪い自覚はあったが、顔に出ているとは思わなかった。眉間（みけん）に触れてみると深い皺（しわ）が刻まれている。

「悩んでそうだな」

二人の吐き出した煙が重なり合った。

「悩むというか、色々と納得いかないんです」

吉田に問われるまま、三浦は転落事故の顚末を語っていた。馬鹿な大学生たちが起こした単純な事故。自分で語っているうち、その筋書きが塗り替えられていくのを感じる。遺体の位置など、些細なことだと切り捨てれば済む話かもしれない。けれど土門の能面のような顔つきを思い出すと、どうしても正面切って否定はできなかった。

「今、俺が思いついただけの仮説だが」

話を聞き届けた吉田が、灰を落としながら言う。

「遺体は七メートルの高さから落下したんだよな？」

「はい」

「高いところから物が落ちれば、人の身体であっても多少は跳ねる。もしかしたら、科捜研はその可能性を見落としてるんじゃないのか？　落ちた時に遺体が跳ねたせいで、少しずれただけってことはないか？」

三浦は煙草をふかしながら可能性を吟味する。

「……まあ、そうかもしれないですね」

口ではそう答えたが、内心は違うことを考えていた。土門が言うには、遺体の位置は計算から三、四メートルはずれているという話だった。遺体が跳ねたからといって、そこまで跳ぶものだろうか。だいたい、土門が遺体の跳ねる可能性を考慮していないというのも考えにくかった。〈科捜研の砦〉の実力はその程度なのか？

「あんまり考えすぎるなよ。捜査するのは科捜研じゃなくて、お前なんだから」

吉田はアドバイスをしたことに満足したのか、吸殻をもみ消して去っていった。喫煙所に残された三浦は、一瞬迷ってから四本目をくわえた。

——森と中村は何かを隠している。

直感はそう告げていた。だが、まだ客観的な証拠が足りない。鑑識に相談したくとも、係長が消極的なため課内で正式に協力を仰ぐのは難しいだろう。となると、頼みの綱は一人しかいなかった。

警察車両のセダンは、首都高速を西へとひた走っている。

ハンドルを握る三浦は横目で同乗者の様子を窺った。土門は助手席に座ってからというもの、ずっと黙りこくっている。沈黙が気まずくないのだろうか。それにしたって、携帯電話も触らずただフロントガラスを見つめているのは気味が悪い。

二人は転落事故の現場へ向かっていた。提案したのは土門のほうだ。

「事故現場を再検証したいのですが、よいでしょうか」

唐突にかかってきた警電で土門はそう言った。

「そりゃあ別にいいですけど、何するつもりです？」

「現場の写真撮影と、分析試料のサンプリングです」

そう言われてても三浦にはよくわからない。だが、この事故に関して頼れるのは現状土門だけだ。それに三浦自身、現場を再確認しておきたかった。足を運べば、見落としていることに気がつくかもしれない。

「わかりました。俺も一緒に行きます」

「そうですか。ではお手数ですが、ご同行願います。加えて車の内装を調べたいので、そちらも鑑定依頼の申請をしていただきたいのですが」

「はいはい」

依頼を申請するのは面倒だが、この際文句は言っていられない。この事故の鑑定ができるのは土門しかいないのだ。

——それにしても。

走り出してから三十分以上、車内は沈黙に埋め尽くされている。どうやら土門には、空気を読むという能力が一切備わっていないらしい。さして話したいわけでもないが、三浦のほうが息苦しさに耐えかねて口を開いた。

「今、何考えてるんですか」

バックミラーのなかの土門の視線が、かすかに三浦のほうへ動いた。

「遺体の位置が整合するには、どのような説明が考えられるか検討していました」

「へえ。教えてくださいよ」

「可能性は無数にあるので、口にしていたらきりがありません」

土門は平坦（へいたん）な口調で応答する。融通のきかないロボットと話しているようだった。自然と、ハンドルを握る手に力が入る。

「全部言えって言ってないでしょ。一つでいい」

「どの可能性を優先すべきか、現時点で確たることは言えません」

「なら、俺の妄想を聞いてくれますか」

三浦は、遺体の不自然な位置関係を説明できる案を一つだけ思いついていた。アクセルを踏みながら鼻息荒く語る。

「実際は森と中村、どちらかが運転手だったんじゃないかと」

死者が出た事故では、生存者が運転していたにもかかわらず「死者が運転手であった」と偽証する例がある。今回の事故では、飲酒運転を黙認した同乗者よりも、ハンドルを握っていた運転手のほうが罪は重くなる。仮に森や中村が運転手であった場合、金井に罪を被（かぶ）せる動機はある。

「真の運転手は森、または中村だった。そして金井は助手席または後部座席から路上に投げ出されて亡くなった。二人は金井が死んだのをいいことに、金井が運転手だったと嘘をつくことにした。ここまでいいですか？」

「結構です」

「よし。だがそのためには、運転席側に遺体がないと辻褄（つじつま）が合わない。だからやつらは金井の遺体を運転席側、つまりはガードレールの真下に落としたうえで通報した。これが真相じゃないかと思うんです」

　物証はないが、三浦は自信を持っていた。この説であれば、合理的に状況を説明することができる。黙って聞いていた土門がおもむろに口を開いた。

「……実は、私もそう考えていました」

「やっぱり」

「ただし、そうなると一つだけ不審な点が残ります」

　三浦は「え？」と間の抜けた声を出す。

「仮にその仮説が正しいとすると、生前の金井さんは助手席または後部座席に座っていたということになります。その場合、金井さんは路上に投げ出されて亡くなったか、車内で亡くなったということになる。位置関係からして、運転席のドア以外から崖下へ落ちることはあり得ませんから」

「どこが不審な点なんですか？」

「通常、その程度で人が亡くなるとは考えにくいのです」

　土門は右手の人差し指を立てた。

「まず、助手席ないし後部座席から路上に投げ出されたと仮定しましょう。右にハンドルを切っていますから、左方向へ吹き飛ばされたと考えられます。確かに、勢いでドアが開いて路上に吹き飛ばされた可能性はありますが、その場合はほとんど高さがなかったはずです」

「はい？」

「見取図によれば、現場にはブレーキを踏んでから衝突に至るまでタイヤ痕がくっきりと残っています。これは車が衝突までの間接地していたということ、つまり上方向への揚力が生じなかったということです」

三浦は土門の説明を咀嚼(そしゃく)する。助手席や後部座席から投げ出された場合、横方向の力はかかったとしても、縦方向の力はかからなかったと言いたいのか。

「擦り傷程度はあったとしても、死ぬには至らないだろ、ってことですか？」

「死亡する見込みは低いと推測されます。もし高さがあれば、頭の打ちどころが悪くて亡くなることもあり得るでしょうが」

土門は次に中指を立てた。

「続いて、車内で亡くなったという仮定。当然、重傷を負う可能性は十二分にあるでしょう。たとえば、ダッシュボードに足を乗せていれば顔面や脚の骨に重傷を負うかもしれない。また、後部座席では前の座席に顔をぶつける可能性もあります。いずれも重い怪我を負うことになります。しかし、死亡となるとやや疑問が残る」

「車内の物にぶつかって亡くなった例はありますよね」

「今回の場合、森さんと中村さんが軽傷で済んでいるのが引っ掛かります。三人とも車内に留(とど)まっていて、かつ一名だけが死亡し、他二名が軽傷というのは……若干不自然です。すべては推測に過ぎませんから、断定はできませんが」

「要は、助手席や後部座席じゃ死なないだろう、って言いたいんですね？」

土門は頷く。

「厳密には、その公算が高いということです」

名案だと思ったのだが、あっけなく否定されてしまった。三浦はフロントドア越しに路面を睨みながら、唸る。腹立たしいが抗弁のしようがなかった。その事実が余計に癇に障る。

「ただ、この推測は完全に的外れでもないように思います」

三浦の内心を知ってか知らずか、土門はあくまで冷静に続ける。

「どういう意味です？」

「生存した二名が口裏を合わせているのであれば、その目的は罪の軽減だと推測されます。運転手を偽証したというのも、考え得るストーリーではある。案外、動機側から探ったほうが真因にたどり着けるのかもしれません」

そこまで話すと、また土門は口をつぐんだ。この話はいったん終わりらしい。どうやら、三浦の勘と土門の推測はさほど遠くない場所を示しているようだ。

車内がまた沈黙で埋め尽くされる前に、三浦が「雑談ですけど」と切り出す。

「土門さんは大学院とか出てるんでしょ。博士か何かですか？」

「いいえ。学部卒です」

「意外ですね。俺は高卒ですけど」

三浦は自虐のつもりで言ったのだが、土門の顔はぴくりとも動かない。

――どうせ見下してんだろ。

胸のうちにわだかまる悪意を押し殺し、咳払いをした。

「昔から科捜研目指してたんですか」

「いいえ。学生時代は地元の役所に就職するつもりでした」

「なんか意外だな」

「できるだけ安定した職種がよかったんです。私の父は会社員だったんですが、働き過ぎで亡くなってしまいました。そういう働き方だけはしたくなかった」

土門にしては珍しく、プライベートなことに踏み込んでいた。三浦は興味を覚えて、質問を重ねる。

「それがなんで、科捜研に？」

「私は理学部だったのですが、大学三年次に私のラボと科捜研が共同研究をはじめて、縁ができました。研究を進めるなかで、科捜研の統括担当者であった加賀副所長から科捜研の採用試験を受けてみないか、と勧められたのです」

「じゃあ推薦ってことっすか？」

「いいえ。あくまで受験を勧められただけで、手心はなかったはずです。当初は聞き流していたのですが、あまりにもしつこく勧められるので、仕方なく試験だけ受けてみることにしました。倍率はきわめて高かったので、受かるとは思っていなかったですが」

「ふうん。さほど努力もしていないのに、土門さんは楽々受かってしまった、と」

皮肉のつもりだったが、土門は平然と「はい」と答える。

「辞退するか迷いましたが、加賀副所長からの一言で科捜研を選びました」

「なんて言われたんです？」

「大学での基礎研究は、社会に応用されるまで見届けられないかもしれない。しかし、科捜研の仕事は他人の人生と直結する。科捜研に来れば、きみの頭脳によって事件事故の被害者、遺族を直接救うことができる」

土門の口調は淀みなかった。

「先ほど話した通り、私の父は過労で亡くなりました。状況から考えて疑いようはない。しかし、過労死は立証が難しいのです。直接の死因は急性心臓死であり、その死と過労の間に因果関係があることを示さなければならない。結局、私の父は死因不明ということで処理されました」

「…………」

「私にはわかるのです。身近な人間が死因不明と判定される、その悲しみが。だから、自分自身の手で、一人でも多くの遺族に答えを示したかった。科捜研に行けば、それができると思いました」

「それで科捜研に決めた、と」

三浦は内心、驚いていた。ロボットじみた男にも過去があり、感情があったのだ。

直線道路を進みながら、三浦はいつしか、自分が警察官を志望した時のことを思い出していた。

母子家庭の三浦は、小学生の頃から公務員になると決めていた。堅い仕事につけば母は喜ぶし、経済的にも安定する。高校に入学する時には、卒業と同時に市役所の職員になるのだという目標を立てた。奇しくも、土門と似たような就職先を志望していたわけだ。

その進路が変わったのは、高校二年の夏だった。

三浦の自宅に空き巣が入った。実印や銀行通帳、カード類が盗まれ、気付いた時には口座の金がすべて引き出されていた。口座には、母が十数年前から三浦のために貯めていた預金二百万円が入っていた。

犯人は捕まらなかった。母はショックのあまり体調を崩し、しばらく仕事を休んだ。泣きながら、ごめんね、と幾度も謝られた。三浦は怒りに駆られたが、一介の高校生に捜査などできるわけがなかった。

寝込んでいる母を前に、三浦は決意した。

——俺が警察官になって、犯人を捕まえる。

大切な母を、失意のどん底から救い出したい。その一心だった。幸い母はじきに元気を取り戻したが、三浦の決意は変わらなかった。

これまで十年近く、警察官としてそれなりに頑張ってきたと自負している。地味な警邏(けいら)や取り締まりも、報われない捜査も、いつだって手を抜かずにやってきたつもりだ。それはすべて、悲しむ人を一人でも減らしたいという思いからだった。

そしてその思いは、捜査官も科捜研職員も同じらしい。

横目で助手席を一瞥すると、土門はまっすぐに正面を見据えていた。

昼下がり、事故現場に到着した。左右をガードレールに挟まれた二車線の道路である。

「着きましたよ」

三浦は路側帯に車を停めた。見たところ、日中だが交通量は多くないようだ。セダンを降りた土門は、すぐさまデジタルカメラで撮影を開始した。路上にはいまだにタイヤ痕が残されている。

「修理される前でよかった」

最初に撮影したのは未修理のガードレールであった。断裂してはいないものの大きく外側に湾曲しており、衝撃の強さを物語っている。手前には申し訳程度に赤いカラーコーンが並べられていた。

土門は肉眼で観察しつつ、幾度もシャッターを切る。三浦は車が来ないか見張りながら、その仕事ぶりを眺めていた。やがて土門は鞄から粘着テープを取り出し、ガードレールの表面に貼り付けた。採取部位を手帳にメモしながら、剝(は)がしたテープをビニールの小袋に入れていく。

「ガードレールからわかることなんて、あるんですか?」

退屈を持て余した三浦に、土門は手を動かしながら「色々と」と応じる。

「たとえば、自動車塗膜の分析は科学鑑定の基礎です。ガードレールや標識柱に残された塗膜から、衝突した車種を特定することはよくあります。今回のケースでも、塗膜分析によって衝突時の状況をより詳しく推定できるかもしれない。破損の具合や支柱の曲がり方から、速度を推察することも可能です。事故によっては血痕や指紋が残っていることもある」

土門は次々と、粘着テープを貼っては剝がしている。

三浦は暇潰しに辺りを見回した。進行方向右手のガードレールは、すぐ外側が崖になっている。真下はコンクリートで固められた護岸だ。無防備に落下すれば、少なくとも重傷は免れないだろう。

——遺体が残ってればなぁ。

かえすがえすも、金井の遺体が火葬済みであることが無念だった。司法解剖に回せば新事実がわかったかもしれないのに。

事故直後に会った、金井征輝の父親の顔を思い出した。五十代なかばとみえる彼の顔には、言いようのない無念さが滲んでいた。金井は大学に入ってすぐに運転免許を取り、父が使っていた中古の車を譲り受けたという。

取り調べの終盤、金井の父は耐えかねたように三浦に問いかけた。

「私が車なんか譲っていなければ、征輝は事故を起こしていなかったんでしょうか?」

三浦に答えられるはずがない。悔やんでも仕方のないことだから、考えないほうがいい。そんなありふれた助言をすることしかできなかった。

交通事故による死亡者数は一九七〇年をピークに、近年は毎年過去最低を更新し続けている。おそらくこの傾向は今後も変わらない。しかしそれでも、ゼロにはならないだろうと三浦はみている。

車が悪いと言いたいのではない。どれほど発達した技術であっても、人間が完璧に使いこなすことなど不可能だという話だ。人が使う限り、絶対にミスや誤解が発生する。人間の愚かさと日々対面している三浦は、その事実を痛感していた。そして事故が消えない限り、新たに悲しむ人が生まれることになる。

事故の真相を明らかにすることで、交通遺族が少しでも救われるなら。そこに全力を尽くす価値は十分にある。

「おや」

しゃがみこんだ土門がつぶやいた。つられて、三浦もその手元を覗きこむ。

「何かありましたか」

「ここに」

土門は路側帯を指さした。道路には、えぐれたような白い痕跡がある。意味するところは三浦にもすぐにわかった。

「ガウジ痕ですね」

土門は写真を撮りながら「そのようです」と応じる。ガウジ痕とは、車体の金属部分で路面が削られた痕のことである。調書には記載されていなかったが、薄い痕跡のため実況見分で見落とされていたのだろう。急ブレーキによって車体前面が沈み込んだことで、底部のフレームが路面に触れ、削られたと考えられる。

「新証拠ですか？」

「現時点では何とも」

土門はあくまで淡々と作業を続ける。まるで三浦の存在など端(はな)から眼中にないかのようだった。もはや、苛立ちよりも呆(あき)れのほうが先に来る。

「土門さん、変わってるって言われるでしょ」

「よく言われます。光栄ですね」

「はい？」

「人と違うということは、科学者にとって褒め言葉ですから」

三浦はつい苦笑した。その受け止め方が、やはり変わっている。

背後から風が吹いてきた。三浦の首筋を撫(な)でた風は、路側帯に生えた雑草を揺らし、川の方角へと流れていった。


喫煙所に入ると同時に、部屋の隅に吉田の姿を見つけた。三浦はまっすぐに歩み寄り、眉間に皺を寄せて煙草をくわえる。珍しく喫煙所には利用者が少なかった。周囲に同僚がいないことを確認してから、三浦はぼやく。

「やってられないですよ」

「どうした」

ライターで火をつけ、盛大な煙と一緒に愚痴を吐き出した。

「係長にストップかけられました」

「前から言ってた転落事故？」

三浦は「はい」と言いながら、せかせかと煙を吸う。

事故現場に行ってから三週間が経つが、いまだ科捜研からの連絡はない。正直なところ、土門からの続報がなければ三浦には動きようがなかった。遺体は調べられないし、森や中村にはうかつに事情を訊けない。

そうこうしているうちに係長が痺(しび)れを切らした。すでに事故発生から三か月近くが経過している。三浦は一人呼び出され、進捗を問いただされた。

「科捜研の鑑定書、まだ出ないのか」

「あと少し待ってもらえませんか。今、分析しているはずなので」

「もういいだろ。適当なところで切り上げさせろ。科捜研に主導権握らせるな」

三浦はかろうじて反論を飲みこみ、奥歯を噛(か)んだ。

――あんたが科捜研に依頼しろって言ったんじゃねえか。

本当はそう言ってやりたかったが、上司に楯突(たてつ)くほど三浦は幼くなかった。警察組織で上役に異論を唱えるということは、出世の芽を摘まれることを意味する。係長の指示には従う他ない。

ひとしきり愚痴を聞いた吉田は、「まあまあ」となだめた。

「実際、手詰まりなんじゃないか。潮時ってことだ」

「まだ早いと思うんですけどね」

「……お前、ずいぶん科捜研の肩持つようになったな」

三浦は返事の代わりに、むっとした顔で吸殻をもみ消す。科捜研の肩を持つつもりはない。ただ、金井の父の無念そうな顔を思い出すと、容易に諦められないだけだ。生き残った二人が何かを隠蔽しているのなら、事実を解き明かさないことには納得できない。

「どんな感じだ？　土門誠は」

「噂通りの変人です」

頭はずば抜けて切れるが、愛想はなく常に無表情。とてもじゃないが、友人にはなれそうもない。ただ――

「悪いやつじゃなさそうですけど」

三浦は立て続けに三本吸ってから、仕事に戻った。やるべきことは山のようにある。係長に従うのは本意ではないが、一つの案件に長々と時間をかけていられないのは事実だ。三浦は貧乏ゆすりをしながら書類作業を消化した。

夕刻、デスク上の警電が鳴った。真っ先に受話器へ手を伸ばすのは下っ端の三浦だ。係名を名乗ると、「科捜研土門です」と無機質な声が流れてきた。

「ああ、どうも。三浦ですけど」

「ちょうどよかった。このまま話せますか」

一応尋ねてはいるが、ノーとは言わせない口ぶりであった。もっとも、三浦にも断る理由はない。それどころか、期待に胸が躍っていた。もし決定的な物証が見つかれば、大手を振って捜査を続けることができる。

「何かわかったんですか」

「順を追って説明します。メールは開けますか。話しながら資料を送ります」

三浦は受話器を耳と肩で挟みながら、ノートパソコンを操作する。「どうぞ」と言うと、電話越しに土門が語りはじめた。

「まず、ガードレールに残された塗膜分析からは目新しい結果が得られませんでした」

土門いわく、塗膜の付着状態と車体の損傷状態がほぼ一致したという。その点に関しては、森や中村の証言に嘘はないらしい。

「次に実況見分で見落とされていたガウジ痕ですが、どうやら車体による傷ではなかったようです」

「無関係な痕跡ってことですか？」

「少なくとも、車体の損傷状況や位置関係とは合致しません」

立て続けに空振りを食らい、三浦の気分は落ち込んでいく。このまま新証拠が見つからなければ本当に諦めるしかない。相槌(あいづち)を打つ声が、徐々に張りを失っていく。だが土門の声は一定の温度を保っていた。

「続いて、車の内装についても調べました」

少し前、内装についての鑑定依頼を申請してほしいと土門が言っていたのを思い出す。あの直後、三浦は頼まれた通り科捜研に依頼を出していた。

「資料を送ったので見てください」

確認すると、土門からのメールには文書ファイルが添付されていた。事故車の内装を撮影した写真と一緒に、実験の経緯が記されている。

「第一に、ハンドルに付着した指紋です」

ファイルの序盤には折れ曲がったハンドルの写真が載っていた。

「ハンドルの素材は硬質ウレタンで、撥水処理が施されていたものの、指紋の採取には支障がない程度です。しかしながら、ハンドルにはまったく指紋が残されていませんでした。なお、事件当日は雨でしたが、車内には水が入りこんでいないため指紋が消える恐れはありません」

「……ん？」

三浦は一瞬遅れて、その発言の違和感に気付いた。当たり前のように述べるので聞き流しそうになってしまった。

「指紋がない？」

「ええ。金井さんはもちろん、同乗していた二人の指紋も」

亡くなった金井もその他の二人も、手袋などしていなかった。

「誰かが拭き取ったということですか」

「そう考えるのが合理的でしょう。ご丁寧にシフトレバーまで綺麗に拭われていました」

——森と中村の仕業だ。

土門の返答を待つまでもなく、三浦は確信していた。やはり、金井以外の誰かが運転していたのだ。その痕跡が残ることを恐れて、真の運転手はハンドルの指紋を拭き消した。指紋が残っていないという状況が、かえって不自然さを際立たせている。

「第二に、運転席周辺の状況です」

次ページには、運転席の足置き部の写真が掲載されていた。車は右前部からガードレールに衝突しているため、内側に強くへこんでいる。ブレーキペダルはくの字に折れ曲がり、フットレストは圧し潰されていた。

「足置き部が勢いよく内側に潰されたせいで、運転席の人間は足元から持ち上げられる格好になり、衝突後の回転と相まって、開いたフロントドアから車外へと投げ出された……これが、衝突時に金井さんの身に起こったことだと推定されていました」

「何か問題が？」

三浦には、取り立てて不自然な点はないように思えた。土門は「次の写真を見てください」と言う。それはルーフ（屋根部）の内張りを接写したものだった。運転席の上の辺りが赤い線で囲まれている。

「線で囲んだ部分に、少量の油脂様物質が付着していました」

土門の言わんとすることがよくわからない。

「食べ物か何かで汚したんですかね」

「どんな使い方をしていても、普通、頭上に食べ物は付着しません。汚れた手で触れるにしても、ルーフの内装はまず触らない。不審に思い分析したところ、微量ですがセロチン酸が検出されました」

「それは……どういう意味ですか？」

「ミツロウやカルナウバロウの主成分です。用途は様々ですが、たとえばカルナウバロウは整髪料に使われる原料です。かすかに香気が残っていることからも、ヘアワックスとみるのが妥当と思われます」

三浦はここまでの情報を頭のなかで組み立てる。

「えーっと、足置き部が潰れていたから、運転手の身体が持ち上げられたのは間違いないんですよね。そして、ルーフの内張りにはヘアワックスの成分が残されていた。つまり土門さんが言いたいのは」

「はい」

「運転手は外に投げ出されたんじゃなくて、ルーフで頭を打っただけ、ってことですか？」

「その可能性があります」

断定こそしないが、土門の口ぶりは確信に満ちていた。

「仮説が正しければ、運転手は強い衝撃にもかかわらず前方向へ飛ばされなかった、つまりはシートベルトをしていたと推測するのが妥当です。一方で森さんたちは、全員がシートベルトをしていなかったと証言している」

「……それも嘘だったのか」

運転していたのは金井ではなく、しかも運転手はシートベルトをしていた。ならば、実際に運転していたのは誰なのか？

「そこで第三の検証として、微物鑑定を行いました」

三浦の思考の流れを読んだかのように、土門が話を進める。

「各座席のシートとシートベルト、ドアの内張りから微細繊維を採集しました。当日、三人が着ていた衣類は手元にありませんが、どのような服装だったのかは調書に残っています。この情報を参考に、採集した繊維の素材や色調を比較しました」

いつしか、三浦は受話器を強く握りしめていた。固唾（かたず）を呑（の）んで土門の言葉を待つ。

「結果、運転席からは緑色のポリエステル繊維が多数発見されました。シートの後背部全面に付着していたので、おそらくは衝突の際に強く押し付けられ、シートに残留したのでしょう。そしてこれらの繊維は、森さんの着用していた緑色のポロシャツから脱離したものと推定されます」

――決まりだ。

「真の運転手は森だったんですね？」

「蓋然（がいぜん）性は高いと言えます。なおシートだけでなく、シートベルト表面からも同じ繊維が検出されています。そのため、ただ座っただけでなく、実際に運転した見込みも高いでしょう」

三浦はすぐにでも、この資料を係長の眼前に突き付けてやりたかった。ここまで物証が揃っているのだ。さすがに当人も言い逃れはできないだろう。事故を起こした真犯人は森周平で間違いない。

「土門さん、ありがとうございます。一つだけいいですか」

「どうぞ」

「なんで、もっと早く報告してくれなかったんですか」

途中経過だけでも教えてくれれば、もっと簡単に係長を説得できたのに。そう軽口を叩くより早く、土門が平板な口調で告げた。

「まだ大きな謎が解けていません」

緩みかけた三浦の目尻が、ぐっと鋭くなる。この期に及んで何を言うつもりなのか。

「運転手が森さんであるとすると、今度は金井さんが亡くなった理由に説明がつきません」

思わず「ああ」と声に出していた。真の運転手を特定することばかりに目がいき、肝心なことを忘れていた。

「以前もお伝えした通り、助手席や後部座席に座っていたと仮定すると、死亡に至るほどの衝撃が加わったとは考えにくい。そして運転席に座っていた可能性も低い。となると、この事故によって金井さんが亡くなったと推定するのは無理がある」

「待ってください。それって……」

三浦の脳裏を、ある憶測がよぎった。おそらく土門も同じことを考えているはずだ。だがこの憶測が正しいとすれば、真相は思っていた以上に深刻な事態ということになる。交通捜査課だけの問題ではない。

至急、森への事情聴取が必要だった。弁護士に遠慮することはない。これは余罪の取り調べであり、起訴内容の掘り返しではないのだから。

「この物証を元に、早急に自白を引っ張ります」

勢い込む三浦だが、土門はしばし沈黙していた。まだ何か言い足りないようだ。

「どうかしたんですか」

「もう少しだけ待っていただけませんか。役に立つかわからないですが……」

おもむろに切り出した土門の言葉に、三浦は全神経を集中させた。

デスクを挟んで向かい側に座る森周平は、一目でわかるほど青ざめていた。唇は紫色に変わり、瞳孔が縮んでいる。前回の取り調べとは打って変わって弱気な態度であった。これだけ証拠が揃っていれば無理もない。

「……以上検討した通り、本件事故の客観的証拠から鑑みて、本件車両を運転していたのは亡くなった金井征輝ではなく、同乗者の森周平であると認定するのが妥当である。これが結論。はい、ここまでで質問は？」

土門の作成した報告書を読み上げた三浦は、これ見よがしに首をかしげてみせた。森は視線から逃れるように顔を伏せる。しきりにシャツの袖を引っ張っているのは、落ち着かない時の癖だろうか。

「あの、あの、勘違いをされてると思うんです」

おそるおそる顔を上げた森は、震える声で言った。

「勘違い？」

「僕は何度も金井の車を運転したことがあって。服の繊維が残ってるのはそのせいだと思います。ルーフにワックスが付いたのも、たぶんその時ですよ。確かに運転したことはありますけど、その時運転していたのは僕じゃなくて……」

「中村星菜は認めたぞ」

森は口を開いたまま、間の抜けた表情をしている。

「中村にはもう事情を聞いた。鑑定結果を伝えたら、本当の運転者は森だった、と肯定した。余罪もすべて認めている」

「え、あ、余罪って……」

「お前が金井を殺したことも、遺体を隠そうとしたことも、全部だ」

森の瞳孔がさらに絞られた。視線がせわしなく左右に動く。

中村への取り調べを先にしたのは、運転していた当人よりも、同乗者のほうが供述のハードルが低いと判断したためだ。案の定、中村は運転していたのが森であることをあっけなく認めた。

それだけでなく、金井が事故前の時点ですでに絶命していたことも白状した。そうでなければ辻褄が合わないことは、土門の鑑定結果からも明らかだった。事故が原因でなければ、その前後に亡くなったと考えるのが自然だ。

　中村はすすり泣きながら語った。

「居酒屋で飲んだ後、金井くんの家に移ってから二人が喧嘩しはじめたんです。森くんは、金井くんに借金してたみたいで。お金を返す返さないで殴り合いをはじめました。そのうち、森くんが後ろから金井くんの首を絞めて。十分くらい続けているうち、金井くんが動かなくなりました」

　その後、森は目撃者の中村を「通報したら殺す」と脅して、遺体遺棄に付き合わせたという。金井の車を運転したことがあった森は、遺体を車まで運び込み、みずからハンドルを握って西へと向かった。都内西部の山林に遺体を埋める腹積もりだったという。

　そして移動中、人気のない路上で事故を起こした。呆然としていた森だが、この事故を逆手に取り、事故死に見せかけることを思いつく。森は車内から遺体を引っ張り出して崖下へ落とし、金井を運転手に仕立てることにした。虚偽のストーリーは森が作り上げたもので、中村は口裏を合わせるよう強要された。

　これが、中村の証言をもとに組み立てた事故——正確には、事件と事故の経緯である。彼女は終始うつむきがちで、何度も頭を下げていた。

「嘘ついてすみません。本当にごめんなさい。でも、言ったら私が殺されるかもしれないと思うと怖かったんです」

自分は無理やり遺体遺棄を手伝わされただけだ、というのが中村の一貫した主張だった。彼女の話には、ある一点を除いて一定の説得力があった。借金トラブルの有無は、今後裏を取ればはっきりするだろう。

三浦は咳払いをした。

「ここまで、異論あるか？」

森は今度こそ沈黙した。滲んだ汗が額を流れ落ちる。

中村の証言が正しければ、森は殺人の罪に問われ、中村は犯人隠避の疑いをかけられることになる。今後は刑事部捜査第一課との合同捜査になるかもしれない。当初の想定よりもはるかに大事になってしまった。

「確認するぞ。金井征輝を殺したのは自分だと、認めるんだな？」

「……はい」

消え入りそうな声だが、確かに聞こえた。森が容疑を認めた。

「動機は？　借金が原因か？」

「だいたい、さっきの話の通りです」

「なぜ首を絞めた？」

「動きを止めようと思って、なりゆきで。死なせるつもりはなかったです」

殺人を認めた後の森は、どこか投げやりだった。これ以上は隠しても無駄だと諦めたのかもしれない。ただ、急な態度の変化が気にはなった。

ふだん三浦が接する相手のなかには、道交法違反の動かぬ証拠を突き付けられてもなお、無実を主張する者も少なくない。呼気中のアルコール濃度が明らかに高いにもかかわらず一滴も飲んでいないと強弁したり、オービスで撮った写真に車のナンバーが写っているのに法定速度内だったと言い張ったりする。そういう人間に比べると、森はあまりにもたやすく事実関係を認めた。まるで他人事のように。

「中村を脅して、遺体遺棄に付き合わせたのも事実なんだな？」

森は一瞬だけ三浦のほうを見た。すぐにまたうなだれ、唇を開きかけたが、ためらうように閉じた。

「どうした」

「いえ……事実です」

妙に引っかかる言い方だった。この期に及んで、まだ何か隠しているのかもしれない。

三浦は最後の手札を出すことにした。この一枚が真相につながっているのか自信はない。ただ、せっかく土門が鑑定したのだ。たとえ無駄でも、当てるだけ当ててみたかった。三浦は「おい」と言い、森に顔を上げさせる。

「お前の考えはわかった。ただ、中村の証言には一つよくわからない点がある。それだけ確認したい」

ぴくり、と森の肩が震えた。

「お前らはあの夜、金井の遺体を遺棄しようとしてたんだよな」

「まあ、はい」

「遺体を山林に埋めて、しらばっくれようとした。そうだよな」

「はい」

三浦は腕を組む。やはり不自然だ。

「なら、どうやって遺体を埋めるつもりだった？」

「……えっ？」

「あの車には、荷室を含めてめぼしい物がなかった。つまり、穴を掘る道具が何一つ入っていなかった。まさか、素手で掘るつもりだったとか言わないよな」

目に見えて、森の顔が引きつった。三浦はあえて沈黙し、様子を窺う。ふいに森が目を見開き、「あっ」と叫んだ。

「あの後、買うつもりだったんです。ホームセンターかどこかで」

「なるほど。でも、その途中にホームセンターはいくらでもあったよな。お前らは金井の家から事故のあった地点まで車で一時間近くかかったと証言しているし、距離的にも誤りはない。そして、深夜も営業しているホームセンターはその間に何軒もある。そのすべてをスルーしたってことか？」

「えっと……」

「本当は最初から持ってたんじゃねえか、穴を掘る道具」

「持ってません」

森は勢いよく首を左右に振る。予想はしていたが、どこまでも頑（かたく）なな反応だった。三浦は低い声で切り出す。

「事故現場に、ごく小さいがえぐれた痕跡があった」

路側帯で発見したその痕跡を、土門と三浦は車が残したガウジ痕だと推定した。だが土門の鑑定の結果、その見込みが外れていたことがわかった。それでも土門は諦めきれず、えぐれた痕跡から試料を採取し、元素分析を行った。

三浦は「えーっと」と手元のメモを見ながら話す。

「ＩＣＰ（アイシーピー）‐ＡＥＳ（エーイーエス）とかいう分析法を使って調べたところ、当該の痕跡から鉄とクロム、ニッケルが検出された。これらはいわゆるステンレス鋼の成分である……ってことらしい。よくわからんが、とにかくこの分析結果を踏まえると、路側帯の痕跡はステンレス製のとがった物体によって残されたと考えられる。たとえば、頑丈なシャベルの先端とか、な」

森の口は小刻みに開閉しているが、声は出ない。反論したくとも具体的な言葉を思いつかないのだろう。三浦はさらに畳みかける。

「お前らは遺体を埋めるためのシャベルを最初から持っていたか、あるいは事故現場に至るまでのどこかで調達した。しかし事故後、何らかの理由でそれを破棄した。鑑定結果からはそう推定できる。違うか？」

「……違う」

「そう言い張っても、検察も裁判所もひいきしてくれないぞ。お前の話はツッコミどころだらけだし、こっちには科学的な根拠がある。反省の念が一ミリでもあるなら、検察に行く前に全部自白しろ。後でわかってもいいことないからな」

下唇を震わせていた森は、やがて静かに嗚咽を漏らしはじめた。膝の上で握りしめた手の甲に、涙の雫が落ちていく。虚勢は完全に崩れ去り、気弱な青年の本性が露わになる。三浦はこっそり息を吐いた。

――当たった。

正直に言えば、この読みに絶対の確信があるわけではなかった。他のタイミングでついた痕跡かもしれないし、ステンレスでできているものはシャベルだけではない。それでも、己の直感に従ったのは正しかった。中村に〈遺体を埋める腹積もりだった〉と聞かされた時から、違和感はあったのだ。

「シャベルはどこにやった？」

「ち、近くの茂みに隠して……何日かしてから回収して、捨てました」

「しかしなんでわざわざ、シャベルを捨てた？　置いておけばよかっただろ」

「……生きてたんです」

森の顔は涙と鼻水でぐしゃぐしゃだった。

「事故を起こした時、金井がうめいているのに気づきました。しっかり首を絞めて殺したはずなのに、生きてたんです。だから……」

三浦は嘆息した。シャベルが何に使われたのか、理解したのだ。

「僕は金井を二度、殺しました。一度目は首を絞めて。二度目はシャベルで頭を……怖かったから……怖かったんです……」

森は赤子のように手放しで泣いた。その涙には、深い後悔が溶けていた。

三浦はビールがなみなみと注がれたグラスに口をつけ、一気に傾ける。冷たさが喉の奥に滑り落ち、そのうまさに思わずうめき声を上げた。一日の仕事を終えた後のビールはやめられない。

対面に座る土門は淡々とビールを飲んでいた。三浦が注文した刺身や天ぷらを取り分け、無表情で食べている。二人がいるのは警察署からほど近い和食居酒屋だった。上司や同僚と飲みに行く時はよく使う店である。

「ここの飯、うまいでしょう。値段もそこまで高くないし、穴場ですよ」

「はい。美味しいです」

土門はにこりともせずに答える。あまり美味しそうには見えないが、三浦は言葉の通り受け止めておくことにした。

土門を飲みに誘ったのは、アルコールを入れれば本音が聞けるかもしれないと思ったからだ。常に冷静で淡々としている土門は、腹の底で何を考えているのか今一つわからない。こういう時は二人で飲みに行くに限る。

三浦は土門のグラスにビールを注ぎ足しながら語りかける。

「妙に後味の悪い事件でしたね」

指しているのは、もちろん金井が殺された事件のことだ。

森周平はいまだ混乱しているのか、供述には一貫性がない。金井に手を下したことは認めているが、中村の関与については「彼女に指示された」と言ったり、「彼女はただの傍観者」と話したり、二転三転している。一方、中村は現在に至るまで、森の単独犯だと主張している。

ただし警察の調べで、これまでに中村が森に数百万円単位の金を貢がせていたことがわかっていた。また、森が金井に借金をしたのも、そもそも中村から金を要求されたことが原因らしい。周囲の話からも、中村が頻繁に複数の男性と交際していたことが判明している。

こうした事実から、警察では森と中村、金井の間で交際トラブルがあったという見方が強まっていた。金井は森の親友であり、中村との交際に反対していたという証言もある。あくまで可能性段階だが、中村が人気者の金井に交際を迫ったが断られ、報復のため森をけしかけて危害を加えさせたのではないかと推測されていた。

「路側帯にシャベルで突いた痕跡が残っていたことについては、何か証言が得られましたか?」

土門の問いに、三浦は「森が言うには」と声をひそめる。

「森が遺体を引きずって、崖下に落とす作業をしている間、中村はずっと後ろでそれを監視していたそうです。凶器のシャベルを持って。カンカンカンカン、苛立たしげに鳴らしていたらしいですよ」

人殺しに使った凶器をよく手にできるな、と三浦は率直に思う。それが事実なら、中村は取り調べで相当猫をかぶっていることになる。

「しかし、男のほうも問題ですよね。女にそそのかされて友達殺すなんて、普通考えられますか。その女も、気に入らねえからって殺させるなんてどうかしてる。そんなことしても、まったく自分の利益にならないのに、ですよ？」

「殺害の動機はまだ確定していません。公判を待ちましょう。それに、世の中我々の理解できることだけではありません」

土門はブリの刺身を箸（はし）でつまんだ。

「私たちは加害者や被害者に成り代わることはできません。犯人の動機も、事件に遭った悲しみも、百パーセントは理解できない。せいぜい、客観的に理解できるものから読み解くしかないのです」

「それが、科学鑑定の役目だと？」

「人は嘘をつきますが、科学は嘘をつきません」

刺身を咀嚼した土門は、やはり平坦な声で「美味（うま）い」と言った。

三浦は手酌でビールを注ぎながら、目の前にいる愛想のない男について考えた。土門の鑑定がなければ、森の殺人も発覚せず、ただの事故として処理されていたかもしれない。いつか、吉田から言われた言葉が蘇る。

――わかりきったつもりでいると足元すくわれるぞ。

三浦はグラスの中身をあおる。悔しいが、その通りだった。

科捜研なんて、捜査官の言うことに従っていればいい。その考えは誤りだったと認めざるを得ない。両者はアプローチの方法が違うだけだ。自分たちは捜査に基づき、土門たちは科学的手法を使う。一見違うように見えても、真実の解明を目指すという意味では同じだった。時には、教えられることがあってもいい。科学は嘘をつかないのだから。

「煙草、いいですか」

「どうぞ」

この店は全面喫煙可である。三浦は煙草をくわえて一服した。吐き出した紫煙が霞のように散っていく。

「難しいですね、男と女って」

「そうですか」

「土門さんって、恋人いるんですか?」

どうせいないだろ、と思いつつ訊いたのだが、答えは意外なものだった。

「交際相手はいます」

えっ、と思わず声が出た。三浦は途端に前のめりになる。この能面男と付き合おうと思う女性がどんな人物なのか、興味が湧いた。

「どんな人ですか?　職場の同僚とか?」

「広い意味での同僚みたいなものです」

「警察の技官ってことですか」

「まあ、そういうことになりますかね」

珍しく、土門の応答は歯切れが悪かった。三浦から視線を逸らし、あさっての方角を向いてビールを飲んでいる。

「やめましょう、この話は」

「そう言わず。いろいろ聞かせてくださいよ」

土門はげんなりした表情で「お断りします」と応じた。口がへの字に曲がり、下唇が突き出ている。少し離れた両目が恨めしそうに三浦を見ていた。初めて、無表情以外の顔を見た気がする。

——そういう顔もできるんじゃねえか。

土門の感情を表に出させたことが、三浦には嬉しかった。減った分を埋めるように、土門のグラスにまたビールを注ぐ。「そんなに飲めません」という土門を「いいじゃないですか」とあしらう。

この人も、俺と同じ人間なんだ。仕事への熱意もあるし、恋愛もする。そう思うだけで、土門という男が以前よりもずっと近く感じられた。

見えない毒

昼下がりの放射線装置室には、パソコンのキーボードを打つ音だけが響いていた。カーテンが閉じられた部屋では、X線回折装置が存在を誇示している。白灰色の装置は人ひとりがすっぽり入れそうな大きさだった。

その隣にあるデスクで、菅野真衣(かんのまい)は一心不乱に作業をしていた。セルフレームの眼鏡越しにディスプレイを凝視している。彼女の頭は執筆中の論文で一杯だった。早く仕上げないと間に合わない。講師の任期中に受理(アクセプト)まで持っていかなければ、実績としてカウントできない。

菅野がいるのは、東洋工業大学(とうようこうぎょう)のキャンパスにある理学部実験棟の一角だった。部屋の外の廊下を、学生や教員が行き来する足音が聞こえる。

この部屋でなくとも作業はできる。講師である菅野には、学生用の居室の片隅にデスクが用意されている。だがその部屋は、仕事をするには人目が多すぎた。万が一ディスプレイを覗(のぞ)かれたりすれば、菅野のやっていることが周囲に発覚しかねない。だから、わざわざ人のいない装置室まで移動して論文を書いている。

それに、今日はこれから人と会う予定もある。X線回折装置の使用予約を入れたのは、その人物の依頼でもあった。

きりのいいところで時刻を確認する。午後二時前。そろそろ来る頃合いだ。

菅野はノートパソコンを閉じ、いったん部屋を出た。客人とは理学部実験棟のエントランスで待ち合わせをしている。

エントランスへ向かう途中の階段で、古川(ふるかわ)というラボの学生とすれ違った。博士課程に在籍している男子学生で、すでに国際誌に論文を二報通している。教授からは気に入られているが、菅野は苦手だった。古川は自分が優秀なことを自覚しているだけでなく、それを他人にわからせることを趣味としているような人間だった。

会釈してすれ違おうとしたが、「菅野センセー」と呼び止められた。呼ばれれば、立ち止まらざるを得ない。

「なにか?」

「この間の学会で菅野さんが発表されていたポスター、あるじゃないですか。あれ、面白いですよね」

菅野は先月、東京で開かれた学会で化学分析に関する発表をしたばかりだった。

「それは、どうも」

「ただ、ちょっとデータの考察で気になるとこあるんですよね」

古川は、流れるように菅野の発表の欠陥を語った。菅野は表情を殺し、彼の言葉に耳を傾ける。講師が学生に指導されるなんて、屈辱以外の何物でもない。だが一回りほど年上の菅野が正面から怒るのは、さすがに大人げない。黙って傾聴するほか、できることはなかった。

古川はひとしきり語ると、すっきりした顔をした。

「一応、今後の実験計画も作ったんで。後でメールしときます」

「……どうもありがとう」

「教授には内緒にしときますから」

最後の一言は、特に小さい声だった。菅野は舌打ちしたくなるのを堪える。

——こういうところが、嫌なんだよな。

調子に乗っている学生ほど、厄介な相手はいない。高圧的に接すればアカハラだと訴えられるし、下手に出ればつけあがる。菅野は胸のうちで暗い祈りを捧げた。せいぜい、卒業後に苦労すればいい。私のように。

エントランスに行くと、すでに来訪者が待っていた。長身の痩軀にベージュの上下をまとった男が、直立不動で立っている。手には発泡スチロール製の箱を持っていた。

「すみません、お待たせしました」

「お構いなく。つい先ほど来たばかりですので」

男は能面に似た無表情で答える。彼の名は、土門誠。科捜研——警視庁科学捜査研究所の技官である。並んで歩きながら、菅野と土門は言葉を交わす。

「お忙しいところ、申し訳ありません」

慇懃な土門の物言いに、「いえいえ」と返す。

「遊ばせておくくらいなら、使ってあげたほうが装置も喜びます」

「あまり使われていないのですか？」

「うちのラボではあまり。使い方はわかりますよね？」

「問題ありません」

土門がここに来たのは、大学が保有するX線回折装置を使うためだった。

菅野の所属ラボでは、数年前から科捜研と共同研究を行っている。ラボの教授と科捜研側の責任者である加賀正之副所長とは、古い仲らしい。目下、菅野が書いている論文も科捜研との共同研究の成果だった。

その縁で、たまに科捜研から分析装置の貸し出しを依頼されることもある。土門が大学のX線回折装置を使うのも、今回が三度目だった。毎回菅野が案内しているため土門とはとうに顔見知りである。

放射線装置室へ案内すると、土門は箱をフロアに置いた。

「試料を冷蔵保存できる場所はありますか？」

「そこの冷蔵庫を空けたんで、自由に使ってください」

菅野は室内にある家庭用冷蔵庫を指さした。土門は「失礼します」と言って、箱からチャック付きの小袋に入った試料を移しはじめる。蓋を開けた途端、ドライアイスの白い煙がフロアを這った。

「後はお任せして大丈夫ですよね」

部屋を去ろうとした菅野に、土門が「待ってください」と声をかける。

「よければ、菅野さんに付き合っていただきたいんです」

「私に？」

意外な申し出だった。土門は愛想こそないが、その優秀さは菅野もよく知っている。分析装置の使用法は一度の説明ですべて理解し、完璧に使いこなす。条件設定も巧みで、論文を読みこなして独自の条件を編み出してしまう。今さら菅野が手助けする必要などないように思えた。

「いささか特殊な事例でして。できれば、菅野さんの力を借りたいのですが」

科捜研の技官から聞いた話だが、土門は加賀副所長の直下で働いているという。科捜研のなかでも特例的な扱いらしく、警視庁の管轄外の事案についても担当することがあるらしい。そして、警察内部では土門とその上司である加賀のタッグが〈科捜研の砦〉と呼ばれている、という話も聞いていた。彼らは科捜研にとって、破られてはならない最後の砦である――そういう意味が込められているらしい。警察内部で畏敬の念を集める土門に「力を借りたい」と言われれば、悪い気はしなかった。

「私でよければ」

菅野と土門は各々空いていた椅子に腰かける。土門はブリーフケースのなかから、紙束の入ったクリアファイルを取り出した。

「はじめに経緯を説明します。言うまでもありませんが、これから話すことは他言無用でお願いします」

菅野は頷いた。菅野のラボと科捜研は、秘密保持契約を締結している。

手渡されたクリアファイルに挟まれていたのは、科捜研の内部資料だった。実験条件や分析チャートに交ざって、〈警察医〉とか〈検視官〉といった言葉が現れる。資料をめくる指先に汗が滲んだ。本物の捜査資料を目にするのは初めてだった。

「目的は、ご遺体の死因特定です」

土門は顔色を変えず、淡々と語りはじめた。その事務的な口ぶりが、菅野の耳にはむしろ重みを伴って聞こえた。


十一月初旬、一人暮らしの二十代男性がマンションの自室で亡くなっているのが発見された。男性はＩＴエンジニアとして都内企業に勤務していた。

職場への無断欠勤がきっかけで、マンションの管理会社社員がスペアキーを使って解錠したところ、彼は室内で亡くなっていた。死後数日が経過しており、遺体は一部腐敗していたものの、死亡時の状況は概ね推測可能であった。

卓上に残っていた弁当の容器や空のビール缶などから、男性は食後間もなく亡くなったと推測された。目立った外傷はなく、持病もないようである。その後、警察医は急性心臓死の可能性があると判断したが、確証はなかった。

通常であれば、事件性なしと判断されるケースである。しかし担当した検視官の見解はいささか違った。高齢者ならともかく、二十代の若者が急性心臓死をするのは珍しいということもあった。

検視官は、男性が食後すぐに亡くなったことに注目した。つまりは、食事に毒物が混入していたおそれがないか、検討することとしたのだ。可能性としては低い。だが警察にとって最も避けたいのは、事件性がある事案を見過ごしてしまうことだ。それよりは、念には念を入れて調べるほうがいい。万が一食品に毒物が混入していたとなれば、重大事件に発展する可能性もある。過去には、市販の食品に無差別に毒物が混入された事例もあった。

遺体は解剖され、血液や胃内容物の毒物分析が行われた。これを担当したのが、土門だった。

土門は手を尽くして分析を行った。だが、一週間が経過してもいまだこれといった原因物質は見つかっていない。科捜研の見解も事件性なしに傾きつつある。ただ、土門には見過ごせない点があった。

亡くなった男性の部屋から、正体不明の粉末が見つかったのだ。小瓶に入った少量の白色粉末である。死因との関連性は不明だが、少量のため、安易に分析に供するのはためらわれた。

そこで、土門は非破壊的な手段によって粉末の正体を見定めることにした。それがX線回折装置による分析だ。

「恥ずかしながら、XRDの回折チャート解読には精通しておりません。もちろんそれなりに読むことはできますが、粉末には賦形剤など他の成分も入っていると思われ、複雑なマトリックスになっているおそれもあります。そのため、ぜひとも菅野さんのご協力をいただきたく」

土門は平板な声で「何かあれば」と言い、締めくくった。一通り説明を聞き終えた菅野は、資料を見ながら「なるほど」と首肯する。

土門が菅野に助力を求めるのは、客観的にはもっともなことである。X線を使った構造解析は菅野が博士号を取得したテーマであり、得意中の得意と言える。ただ、ここ数年は学生の指導や雑用に追われ、研究に割ける時間が激減しているが。

「〈科捜研の砦〉にも、苦手分野があるんですね」

皮肉のつもりではなかったが、土門はかすかに眉(まゆ)をひそめた。菅野はあわてて「ごめんなさい」ととりなす。

「嫌味で言ったんじゃないんです」

「いえ。個人的に、その呼び名があまり好きではないだけです」

「なぜです?」

「失敗は許されない、という重圧を感じるからです」

へえ、と菅野は意外な思いに囚(とら)われる。どんな時も動じることなく、平然としている土門がプレッシャーを感じているとは思わなかった。密(ひそ)かに共感を噛(か)みしめていると、土門が

「それに」と付け加える。

「結局のところ、私が評価されているのは私個人の能力が優れているからではなく、恵まれた環境にいるからに過ぎません」

「どういう意味です？」

「たとえ話ですが、非常に優秀な研究者であっても、貧弱な環境では結果を出すことができません。一方、そこそこの能力の研究者でも、設備や指導者に恵まれていれば、優れた業績を残せる。私は幸運にも、後者の環境にいるに過ぎません」

菅野はまたも内心で驚く。愛想のなさから不遜な印象を抱いていたが、案外、謙虚なところもあるようだ。

「慎み深いんですね」

「事実を話したまでです」

土門はつまらなそうに鼻を鳴らした。

「私の話はともかく、先ほどの経緯について質問はありますか？」

無表情で土門が話題を戻した。菅野は再度、資料に目を落とす。

「本当にただの心臓死だった、って可能性もあるんですよね？」

「はい」

「確認ですが……死因不明の遺体なんていくらでもあるのに、なんで今回だけそこまで徹底してやることにしたんですか？」

菅野は警察の部外者だが、共同研究を進めるなかで、関連する知識も多少ついている。科捜研の技官に聞かされて驚いたのは、世の中には実質的に死因不明のまま処理される事案が多数あるということだった。内因性の疾患で亡くなったことが明らかでない遺体――いわゆる〈異状死体〉の解剖率は、地域によってまちまちである。事件性がないと判断された場合、多くの地域では解剖は行われず、急性心不全などの病名をつけられて処理される。

今回のケースも、菅野の目にはそれと同じように映った。事件性がないと思われる遺体の死因を、ここまで執拗に追究する理由は何か。

「理由は大きく三つあります。先ほど申し上げたように、不審な白色粉末が見つかっている、というのが一つ目。若年者である、というのが二つ目」

土門は順番に、一本ずつ指を立てていく。

「そして、故人が過労死した可能性がある、というのが三つ目です」

菅野が怪訝な顔をする。唐突に〈過労死〉という言葉が出てきたことに違和感を覚えた。おもむろに、土門が前のめりになる。

「遺族に事情聴取するなかで、故人が勤務先で過重労働を強いられていた可能性が浮上してきたのです。当初は死因不明で渋々納得していたご遺族も、現在は、過労死であることを何とか立証したいと考えていらっしゃる」

「はあ」

「そのためには、白色粉末の正体が非常に重要なのです。仮に毒物であれば、自殺だという可能性が高くなる。しかし、それでは困るのです。過労による病死であることを立証するためには、自殺でないことを証明しないといけないので」

おぼろげに、土門が言っていることが見えてきた。

「つまり、こういうことですか。その白色粉末が毒物でないと立証できれば、故人は過労による病死だと、間接的に証明できる」

「証明とまでは言いませんが、少なくとも自殺の可能性は消せます。勤怠状況などのデータを積み上げ、過労死であると認定されれば、会社に責任を取らせることもできます」

土門は平板な口調で続ける。

「私が……いや、科捜研が毒物分析を行っているのは、警察のためではありません。ご遺族、そしてご本人の尊厳のためです」

土門は当然のように語っているが、菅野は静かに感動に浸っていた。

死因不明として処理するほうが、業務上ははるかに楽なはずだ。それにもかかわらず、遺族のためを思い、労力を惜しまず仕事をしている。

——土門さんに比べて私は……

菅野はつい、自らの仕事の不毛さと比較していた。同じ科学に携わる者でも、自分と土門では大違いだ。

「そこまで考えられるのは、すごいと思います」

「すごくはありません。本件は検視官の判断によるものです。それに本来なら、すべてのご遺体に対して死因を解明すべきです。現状、そこまでの技術と人手がないのはむしろ恥ずべきことです」

土門は顔色を変えない。その飄々(ひょうひょう)としたたたずまいが、菅野には余計にまぶしかった。

「これまでに、どれくらいの毒物を分析したんですか？」

資料にはいくつもの分析条件が記されていたが、枚数が多すぎて一目ではわからない。土門は流れるように答える。

「シアン、亜ヒ酸、アジ化物、硫化物など主だったところはざっと分析しました。農薬に含まれるパラコートやピレスロイド、漂白剤に含まれる次亜塩素酸塩、その他重金属も検査しましたが、いずれも空振りでした」

土門いわく、胃の内容物は腐敗してほとんど使い物にならなかったため、検体は基本的に血液だという。毒物が血中に移行していたとしても、血中濃度は非常に低いだろう。そのため、検出すること自体が困難だと言えた。

菅野は顎(あご)に手を当て、うーん、とうなる。

「体内で代謝された可能性や、腐敗して分解された可能性もありますよね」

「はい。抱合体なども考慮して分析チャートを確認しましたが、怪しいものはありません」

「だいたい、食品自体が複雑なマトリックスを持っていますからね。ピークが隠れていないとは言い切れない」

精製された試薬とは違って、食品には脂質や糖質、タンパク質、ビタミン、ポリフェノールなど、多様な成分が含まれている。それらの成分のうちどれかが、目的の毒物を覆い隠している可能性もあった。

いずれにせよ、血中成分の分析だけでは手詰まり感があるのは確かだった。

「そこでこの粉末の分析、というわけですね？」

土門は「ええ」と応じる。

「率直に言って、この粉末の正体がわかったところで、死亡との因果関係があるとは限りません。ただ、少しでも生前の状況を把握したいのです」

たとえば睡眠薬であれば、故人が睡眠障害を患っていたことの証明になるかもしれない。まったく関係がない可能性も十分にあるが、試す価値はある。土門の姿勢に、菅野は共鳴しはじめていた。

「私にできることであれば、協力させてもらいます。チャートの読み方も少しはアドバイスできると思います」

土門は愛想こそないが、素直に「感謝いたします」と頭を下げた。

この数年、研究者として胸が躍ることなど皆無だった。山のような事務作業と、無気力な学生の指導に追われ、志を見失いそうになっていた。だがこんな自分でも社会の役に立てるかもしれないと思うと、少しだけ心が弾んだ。

翌日の午前中、教授から呼び出された。

菅野が入室するなり、教授は「ドア閉めてね」と言った。

いつもなら、教授室のドアは半開きの状態にされている。学生が訪ねてきやすいように、というのが教授の説明だが、おそらくハラスメント対策でやっているのが本心だろうと菅野は睨(にら)んでいる。最近では、学生側から無実のセクハラやアカハラの疑惑をかけられることもあると聞く。にもかかわらずドアを閉めるよう指示するということは、他の者には聞かれたくない話題なのだろう。

還暦間近の教授は突き出た腹をゆすり、「いやいや」と応接用のソファに腰かけた。後ろ手にドアを閉めた菅野は、その向かい側に座るよう促される。着席するなり、教授は意を決したように切り出した。

「来年度のことなんだけど」

菅野は身を硬くする。その話だろうと予想はしていたが、思っていたより早かった。背筋を伸ばし、汗ばんだ両手を握りしめる。教授はふっと視線をそらした。

「悪いけど、うちではこれ以上契約できない」

沈黙が、耳に染みた。

空調の動く音がやけに大きい。廊下から学生のものらしき笑い声が聞こえた。能天気な声に、むしょうに腹が立つ。

菅野はもともと最長三年の任期付き講師として、東洋工業大学に就職した。

博士課程を修了してからの数年、菅野はいくつかの大学を転々としている。いずれも任期付きの役職で、その土地に慣れた頃に転職する羽目になった。かつては恋人もいたが、次の就職先が遠方のため別れることになった。自分の生活すらままならないのに、家庭を築くなんて想像もできない。

ただし、この大学には期待していた。面接時に教授から、「業績によってはパーマネントに切り替えることもあるから」と言われていた。パーマネントとは、雇用期間の定めがない役職のことである。

しかし、期待はあっけなく裏切られた。約束通りと言えばそうだが、「もしかしたら」と思っていた分、落胆は大きかった。

また就活か、と声に出さずにつぶやく。来春までに次の就職先を見つけなければ無職だ。大学院を出て、三十代なかばになって、いまだ職にあぶれる危険があるとは、学生の頃は想像もしていなかった。

教授は気まずそうに「まあ、菅野さんもさ」と言う。

「優秀な人だから、すぐに次が見つかると思うよ」

「……優秀なら雇ってくださいよ」

つい、口から言葉が転び出ていた。言ってから、うつむいていた菅野ははっと顔を上げる。教授は苦笑していた。

「優秀だからって生き抜ける世界じゃないことくらい、知ってるでしょ?」

答えるまでもなく、菅野は教授の台詞（せりふ）の意味を理解していた。

研究者の世界で最もモノを言うのは、当然ながら実力である。だが、それ以外の要素が無視できないことも事実だった。コミュニケーション能力。人的コネクション。実家の資産力。ルックスのよさ。それらが役職を得るにあたってプラスに働くことは、言うまでもなかった。

——私にはどれもない。

研究能力が人より劣っているとは思わないが、かといって圧倒的な実績があるわけでもない。トップジャーナルに論文が掲載された経験もないし、学会発表の賞を獲ったこともない。ただ地道に目の前の仕事をこなしてきたというだけでは、不十分なのだろうか？

「あの、私には何が足りないんでしょうか」

すがるように問いかけると、教授は苦笑を深めた。

「そうねえ。強いて言うなら、野心かなぁ」

予想外の答えだった。教授は耳の後ろを掻きながら、ぼそぼそと話す。

「世の中をあっと言わせてやる、という志の高さというか。絶対にこの世界で生き残ってやる、という気持ちの強さというか。言われたことだけやってれば、評価される仕事じゃないから」

「そんなつもりは……」

「ああ、はいはい。わかるよ、言いたいことは。でも業績がないことには評価のしようがないんだよね。一つのポストに何十も応募があったら、どうしても見栄えのいい仕事をしている人が選ばれやすくなる。それは個人が悪いというより、人間心理の問題じゃないですか」

要は、派手な業績が足りないと言いたいのだ。菅野はそう理解した。確かに一流雑誌に論文が掲載された経験はないが、ありもしないものを求めたって仕方がない。菅野が欲しいのはそんな答えではなかった。

ふう、と息を吐いて、教授は背もたれに身体を預けた。

「別に、大学教員にこだわる必要もないんじゃない？」

「企業ってことですか？」

「それもあるけど」

一拍置いてから、教授は菅野の目を見ずに言う。

「一生懸命働かなくてもさ。いい人がいるなら、結婚して、何年か子育てして、こっちの世界にカムバックしてもいいんじゃないの。そういう知り合い、たくさんいるよ。焦って結果追い求めずに、いったん冷静になってみたら？」

菅野は、途端に体温が下がっていくのを感じた。

——なんだよ、それ。

ひどく失望した。一瞬でもこんな人間に期待した自分が馬鹿だった、と反省する。

教授が言っていることは、女性への差別に他ならなかった。精一杯オブラートに包んでいるつもりだろうが、女性ならキャリアが途切れるのは当たり前だと、そう言っているのだ。これがハラスメントでなくて何だというのか。

教授。男性相手でも同じことが言えますか？

そう尋ねてやりたかったが、すんでのところで呑みこんだ。ここで揉めれば悪評が立つかもしれない。研究者の世界は狭い。もしそうなったら、就職活動に不利だ。

「悪いけど、そういうことだから。あっ、次の就職先見つけるのも大変だと思うけど、卒論指導はしっかり頼みますよ。前に途中でほっぽり出しちゃった人もいるからね。お給料の分はよろしく」

教授はそそくさとソファから立ち上がり、デスクに戻った。早く去ってくれ、という無言の圧力を感じる。菅野はゆっくりと立ち上がり、教授を一瞥してから背を向けた。

「業績があれば、いいんですよね」

去り際にこぼした独り言は、あまりに小さい声だったせいか、教授の耳には届いていないようだった。

作業のために放射線装置室へ入ると、すでに土門がいた。分析のため定期的に訪れる土門には、部外者用のＩＤカードを渡していた。ＩＤカードを使えば、一部の実験室には出入りできるようになっている。

このところ土門は熱心に大学へ通い、Ｘ線回折やＧＣ／ＭＳ分析を続けている。土門いわく、科捜研の機器は使用予約が一杯だという。時には菅野が相談を持ちかけられることもあり、そのたびにわかる範囲で助言していた。もっとも、土門の条件設定は常に文句のつけようがなく、菅野にアドバイスできることは限られているのだが。

「あっ、ごめんなさい」

部屋にいた土門を見るなり、菅野は踵を返した。人目を避けて作業するために来たのに、先客がいたのでは意味がない。他の部屋を探そうとしたが、背後で土門が「待ってください」と声をあげた。

「例の分析、ようやく進展したんです」

その言葉に足が止まった。死因不明の遺体の件は、頭の隅に残っていた。

「よければ、進捗を共有させてください」

後ろ髪をひかれた菅野は、「お願いします」と応じた。早く論文を書かなければならないが、事の顚末を知りたいという欲求には抗えない。手近な椅子に腰かけると、土門はすぐに切り出した。

「結論から言えば、ご遺体の自宅から発見された粉末はオピオイドの一種と推定されます」

オピオイドという言葉に、菅野は首をひねる。どこかで耳にした気もするが、はっきりとした記憶はない。その反応を目にした土門が「失礼」と咳払いをする。

「オピオイドというのは、体内のオピオイド受容体に作用して、鎮痛や多幸感を示す物質の総称です。代表的な例として、モルヒネやコデインが挙げられます」

土門いわく、オピオイドを摂取することで陶酔感、多幸感が得られるため、依存者が後を絶たないという。その結果、過剰摂取によって死亡する例が年々増加しているそうだ。特にアメリカでは顕著らしい。

「そんなにいいものなんですか？」

「使用する動機は、覚醒剤や大麻と近しいでしょう。仕事や学業、その他日常的に感じる強いストレスから逃避したい、というのが第一に挙げられる理由でしょうね。オピオイドは効果が強い分、依存性も高いものです」

故人は生前、過重労働が疑われる職場で働いていた。オピオイドに手を出したのは、極度の疲労やストレスをやわらげるためだったのだろうか。

菅野は考えを巡らせる。オピオイドを〈毒物〉に分類すべきかどうか、とっさに判断できなかった。シアンや重金属のように有名な毒物ではないが、覚醒剤だって過剰摂取によって死亡した例がある。

「死因はオピオイドの過剰摂取で決まりですか？」

「それが、そうとも言い切れません」

土門は考えこむように、拳を額に当てた。

「第一に、この化合物の正確な構造が特定できていないため、確たることが言えません。オピオイドであることは間違いなさそうなんですが……手元にある既知のオピオイドと合致しないので、いわゆるデザイナードラッグと思われます」

珍しく、土門は困惑を顔に浮かべていた。

デザイナードラッグとは、すでに知られている薬物の分子構造を部分的に組み替えたものである。既存薬物と似たような薬効を示しつつ、法規制を逃れることを目的としている。その大半が向精神薬で、オピオイドのデザイナードラッグもアメリカではすでに社会問題化している。

「標準品がないってことですか？」

「はい。取り急ぎここまでの結果は刑事部に共有していますが、科捜研としては構造決定まで踏みこもうと考えています。場合によっては、違法薬物の売買実態解明に役立つかもしれませんから」

故人がどうやってオピオイドを入手したのかは不明だが、後ろ暗い方法であることはまず間違いない。生前の行動と突き合わせれば、流通ルートを追うことができるかもしれない。

土門はそんなことを語った。

「なんだか大事になりそうですね」

「ええ。こうなるとは思ってもみませんでしたが」

遺体の死因を究明していたら、思わぬ場所に出てきた。当初の想定とは異なるかもしれないが、科捜研の手柄には違いない。

「まあ、こういうことはたまにあります」

土門はベージュのスラックスに包まれた足を組んだ。

「こういうこと、とは？」

「ある事案から、別の事案のヒントが得られることです。科捜研の仕事に限らず、研究を進めていれば時おりあるでしょう。偶然の産物——セレンディピティと言い換えてもいいかもしれない。菅野さんもご経験があるのではないですか？」

研究者の世界では、セレンディピティという言葉はよく知られる。リンゴの落下から万有引力を発見したニュートン。微生物の培養失敗からペニシリンを発見したフレミング。セレンディピティの例は、枚挙にいとまがない。

「なくはないですね」

菅野は大学院生だった頃のことを思い出していた。

「若い時、X線回折の条件設定をミスしたことがありました。分析が終わってから気付いたんですが、そのデータを見ると、それまで出てこなかったピークを観察できることがわかったんです。結局、その時の発見が博士論文の柱になってくれました」

今でも、菅野は実力で学位を取ったとは思っていない。あの偶然の発見がなければ、それなりのジャーナルに論文を掲載してもらうことも、きっとできなかった。

「でもそれって、私の実力じゃないんですよね。ただの偶然であって。胸を張って、自分の業績だって言えない気がして」

所詮(しょせん)はその程度の実力なのだ。研究者としての能力は他の若手と比べても劣らない――その思いは勘違いに過ぎなかった。ラッキーパンチが一発当たっただけの無能な研究者。それが自分にふさわしい評価なのだと、菅野は思いはじめている。

「それは、違います」

きっぱりとした口調に胸を衝(つ)かれた。土門はまっすぐに菅野を見ている。

「同じ事象であっても、それを見過ごすか、あるいは世紀の発見にできるかはその人次第です。ニュートンもフレミングも、新たな発見をできる目があったからこそ、歴史に名を残したのです。菅野さんが発見をしたのも、ただの幸運ではなく、発見を見極める目を持っていたからです」

土門の口調に、甘さや優しさはなかった。まるで学会発表のようである。だが感情がこもっていないからこそ、彼がお世辞で言っているのではないとわかった。

「……慰めてくれて、ありがとうございます」

「慰めではありません。事実をお伝えしたまでです」

土門の言動はどこまでも事務的だった。そして、事務的だからこそ伝わることもあるのだと、菅野は初めて知った。彼の言葉を密かに胸のなかにしまいつつ、話を元に戻す。

「ごめんなさい、途中でしたね。死因がオピオイドだと断言できない要因が、他にもあるんですか？」

「はい。第二の理由は簡潔で、血中から検出するのが困難だからです」

土門はその理由を滔々(とうとう)と説明する。

そもそもの問題として、オピオイドの構造がわかっていなければ、正確に分析することができない。仮に構造が決定できたとして、分析の基準となる標準品の合成や、分析法の検討をしなければならない。そしてそこまでできたとしても、血中に検出可能な量が残っているとは限らない。

分析に至るハードルは多く、しかも不確かだった。そして万が一検出に成功したとしても、まだ障壁がある。

「第三の理由として、もし故人がオピオイドを摂取していたとしても、死亡との因果関係を説明できません」

故人がオピオイドを服用していたことは、あくまで状況証拠に過ぎない。一般論としてオピオイドの過剰摂取が死因になることはあっても、今回のケースがそうだと断言することは難しかった。

「それじゃ、この分析も意味がないじゃないですか」

白色粉末の正体を調べることにしたのは、故人が自殺か病死か、ひいては過労死か否かを検証するためだったはずだ。だがオピオイドであることがわかっただけでは、何とも言えない。徒労だったということか。

しかし土門は首を横に振った。

「無意味ではありません」

「なぜです？」

「故人が労働のせいでオピオイドを手にするほどの状況に追い込まれていたという、間接的な論拠にはなるからです」

土門は「いいですか」と声に力をこめた。

「過労死であるか否かを判断するためには、故人が感じていたストレスの度合いが重要です。

オピオイドは、日本では容易に手に入るものではありません。病院で処方された形跡もない。つまり何らかの違法な手立てによって入手したものであり、そこまで彼を駆り立てた原因があるはずなんです」

「それが、過労によるストレスだと?」

言わんとすることはわかるが、菅野にはやや無理があるように思えた。

「さすがに強引じゃありませんか?」

「今はまだ、そうかもしれません」

土門はあっさりと認めてから、「しかし」と身を乗り出した。

「故人の薬物乱用状況がはっきりすれば、その論拠は固められます。たとえば、オピオイドの服用をはじめた時期や服用頻度がわかれば、業務との相関が認められるかもしれない。SNSの投稿や、身近な人との交信記録もヒントになるかもしれません。過労によってストレスが過剰にかかっていたと証明できれば、会社に責任を取らせることもできる」

いつになく熱っぽい言葉を聞いているうち、そんな気がしてくる。

菅野は職場での土門を知らないが、これまで接してきたなかで最も熱心に取り組んでいるように見えた。だが科捜研の仕事としては、さして重要ではない業務のはずだ。死因不明の遺体が山のようにあることは、先に話しあった通りである。違法薬物の流通ルート解明に関わるからといって、ここまで力を注げるものだろうか?

「一つ、訊いてもいいですか」

「どうぞ」

「どうしてそんなに、死因究明にこだわるんです?」

わずかに土門の瞼が痙攣した。足を組み直した土門は、あさっての方向を見ながら「個人的なことですが」と言った。

「私の父は、十数年前に亡くなりました。死因は不明のまま、急性心臓死として処理されました。ですが、私は父が過労の末に亡くなったと考えています」

他人事のように、土門は淡々と続ける。

「父はある企業の役員でした。仕事熱心な人でしたから、若い頃から会社に泊まりこんだりしていたそうです。今の時代なら許されない働き方でしょうが。ハードワークしただけあってスピード出世し、経営陣にまで上り詰めました。それでも父は休みなく働き続けた。その結果、自宅で突然亡くなりました」

菅野は息を呑んだ。禁断の扉を開けてしまったような気がした。だが、いったん開いた扉は簡単には閉まらない。

「私は父が大嫌いでした。根性論が好きな人で、努力すれば報われると考えている、おめでたい人種でした。そういう父を軽蔑していたから、私は数字や事実に基づいて、客観的に思考するよう心がけてきました。父の影響は受けないと考えていましたし、実際、それに成功したと思っていました」

土門が感情的に他人を批判しているのを聞くのは、初めてだった。

「父の死因は過労です。少なくとも私や母はそう考えています。ですが、警察は客観的に死因を確定することができなかった。その時私は初めて、客観的なデータだけでは判断できない事象があると知ったのです」

そう語る横顔が寂しげに見えたのは、菅野の先入観のせいかもしれない。土門は再び正面に向き直った。

「私にはご遺族の気持ちがわかります。過労死の可能性があるなら、白黒はっきりつけたうえで弔いたい。その気持ちに、多少なりとも応えたいだけです」

菅野は返す言葉を持ち合わせていなかった。生半可な返事では、土門に失礼な気がした。問いかけたのは自分だが、なぜそんなにも大事な話を自分に明かしてくれたのかがわからなかった。さほど親密な間柄でもなく、適当にごまかすこともできたはずなのに。

室内では、装置の作動音が小さく響いていた。

「目に見える毒物だけが、毒ではありません」

その一言は菅野のふるまいに向けられているようで、背筋に寒気が走った。

理学部実験棟の学生用の居室で、菅野は一人、パソコンのディスプレイを睨んでいた。

夜は更け、すでに日付は変わっている。教授や学生たちはとっくに帰宅した。人に見られる心配がないおかげで、気兼ねなく作業に没頭できる。

最近では、午後十時を過ぎて残っている学生などほとんどいない。菅野が学生時代に所属していたラボでは、朝まで実験したり、論文を読むのが普通だった。むしろ、生活を研究に捧げることが誇りですらあった。

――時代が違うよね。

小腹ふさぎのゼリー飲料を摂取しながら、菅野は思う。

私は研究が好きで学者の道を志したが、研究は趣味でやるものではない。成果を出して、対価を得る仕事だ。そのことに気付いたのは、つい最近だった。そして仕事である以上、成果を出せない人間に居場所はない。

連日居残った甲斐(かい)あって、論文はほぼ完成していた。あとは共著者である教授、それに科捜研の加賀副所長に確認してもらえば、投稿準備は完了だ。

この論文はまだ二人にも読ませていない。菅野が今のラボに入ってから、誰にも相談せず、たった一人で進めてきた研究テーマだった。読めば、誰もが驚くに違いない。それほど画期的な内容だった。

論文に記したのは、まったく新しい分析法だ。X線回折には試料を結晶化しなければならないという条件がある。要は、分析できる試料に制約があった。しかし菅野が開発した方法を使えば、試料を結晶化することなく分析できる。しかも従来の手法に比べて、検体がきわめて少量で済む。

この手法は、たとえば科学捜査に応用することができる。これまで分析困難だった、化粧品や医薬品にも適用できるのだ。さらには創薬や環境検査など、さまざまな分野への応用が期待できる。

間違いなく、一流雑誌に掲載される自信があった。エディターの目が節穴でない限り、この論文を無視することはないはずだ。

改めて冒頭から読み直す。今回は英文にもこだわったが、とりわけ画像の出来がよかった。安い買い物ではなかったが、画像編集ソフトを購入したのは正解だった。おかげで難なく作業をこなすことができた。

やっとだ。やっと、苦労が報われる。

帰り支度をしようと立ち上がったところで、居室に入ってくる者がいた。ひゃっ、と小さい悲鳴をあげて振り返ると、古川だった。酒を飲んでいるのか、顔が赤い。

「あれ？　菅野さん、まだいたんですか」

「まあね。どうかした？」

「家の鍵（かぎ）、忘れちゃって」

古川は自分のデスクの引き出しを開け、「あった」と言って鍵をジーンズのポケットに押しこんだ。そのまま立ち去るのかと思いきや、じっと菅野を見ている。居心地が悪くなり、とっさに「なに？」と尋ねた。

「いや。菅野さんって、何が楽しくてこの仕事してるんだろうと思って」

唖然（あぜん）とした。

前々から、癪（しゃく）に障る学生ではあった。だがさすがに、これほど直截（ちょくせつ）的になじられるとは思っていなかった。

「それは失礼じゃない？」

怒りを隠さずに問うと、古川は悪びれる様子もなく「そうですかね」と言う。

「だったら、何が楽しいんですか？」

「は？」

「その仕事の何が楽しいか、教えてくださいよ」

反論しようと開いた口から、言葉が出てこなかった。

何が楽しい？　そんなこと、この数年で一度も考えなかった。とにかく目の前の雑務をこなし、仕事が途切れないように奮闘してきた。楽しさややりがいなんて二の次だった。だって、仕事ってそういうものじゃないか。楽しいだけでやれるほど、社会は甘くないんだから。

――違う。

菅野は説教めいたことを言おうとして、思いとどまる。さっき考えたことは、自分が楽しい仕事をできていないことへの負け惜しみに過ぎない。仕事は楽じゃないから。社会は厳しいから。そんなことを言えば、ますます馬鹿にされるだけだ。

沈黙する菅野を、古川は鼻で笑った。その態度がまた癪に障る。大人げないとは思ったが、せめて一矢報いたかった。

「でも君だって、学位を取ったら大学の教員を目指すんでしょう？」

多くの博士課程の学生は、修了と同時にアカデミアの海へ漕ぎ出す。菅野が味わっているのと同じ苦難を、いずれ古川も経験するはずだ。そう思うと少しだけ慰められる。だが、返ってきた答えは想定と違っていた。

「いえ。普通に、メーカーにでも就職します」

けろっとした顔で、彼は続ける。

「大学教員なんて魅力ないですもん。よっぽど運がよくないと、安定して食えないじゃないですか。給料も低いし。はっきり言って、ポスドクとか任期付きの助教になるやつはどうかしてますよ」

「私も、どうかしてるってこと？」

言わせるなよ、という顔で古川は苦笑する。

「逆に不思議なんですけど。菅野さんって、なんで講師やってるんすか？　就活失敗したんすか？　それか、自分なら出世できるって信じてるんすか？　将来が不安になったりしません？」

菅野は怒りたかった。失礼にもほどがある、と怒鳴り散らしてやりたかった。けれど、教員としてのプライドがギリギリのところで爆発を封じていた。滲もうとする涙を堪えるので精一杯だった。

酔った古川は言いたいだけ言うと「お疲れ様です」と居室から出て行った。部屋には、やりきれない感情を抱えた菅野が残された。

目尻を拭い、デスクのパソコンに向き直る。この論文がトップジャーナルに掲載されれば、周囲の反応は一変する。きっと、みんな手のひらを返して私の機嫌を取るようになる。これさえ受理されれば、人生は変わる。

菅野は帰宅を取りやめ、朝までかけて論文を手直しすることに決めた。

大学を訪問していた土門と遭遇したのは、学生実験の手伝いを終えた夕方だった。

廊下を歩いていると、向こう側から見覚えのあるシルエットの男性が歩いてくる。ベージュのジャケットとスラックスという出で立ちから、すぐに誰であるかわかった。

「土門さん」

先に気付いた菅野が手を振ると、土門は視線を合わせて一礼した。二人そろって実験室の前で立ち止まる。

「今日も分析ですか？」

「はい。例の件で」

そう語る土門の左手薬指に指輪があった。たしか前回会った時は指輪などしていなかったはずだ。出し抜けに訊くのは失礼だろうか、と思いつつ、菅野はその質問を我慢できなかった。

「あの……プライベートのことなんで、気分を害したら申し訳ないんですけど」

「なんでしょう」

「結婚されたんですか？」

土門は自分の左手に視線を落としてから、「先週、婚姻届を提出しました」と応じる。

「それはおめでとうございます」

お祝いの言葉を口にしながら、菅野は思う。

――土門さんと一緒に暮らす人は、大変だろうな。

土門のことは研究者として尊敬している。だが理屈屋で、感情の起伏が少なく、何を考えているのかわからない。そういう男性と生活をともにするのは、一筋縄ではいかないだろう。率直に言って、土門の妻は物好きとしか思えなかった。

「どんな方なんですか」

「科警研の技官です」

「へえ。土門さんのお相手だから、こう、なんというか……賢い人なんでしょうね」

「賢い、という言葉には色々な意味があります。学業が得意という意味や、高学歴であるという意味。あるいは、記憶力がいいという意味や、コミュニケーション能力が高いという意味もあるでしょう。妻が賢い人間かどうか、一概には言えません」

「はあ」

いかにも土門らしい受け答えである。日常会話で毎回これをやられたら、さすがに気が滅入りそうだ。そんな内心を知ってか知らずか、土門は平然としている。

「そういえば、菅野さんの論文、私も読ませてもらいました」

「ああ、どうでしたか?」

「驚きました。副所長も、これは素晴らしいと話していました」

菅野の口元は、無意識のうちに緩んでいた。

論文は教授からも絶賛された。「こんなにすごい成果をどうして黙ってたんだ」とまで言われ、いち早く投稿するよう促された。教授の名前も共著者として掲載されるため、彼の実績にもなる。

論文の内容はラボの学生たちにも共有した。あの夜菅野を鼻で笑った古川は、一切話しかけてこなくなった。自分が調子に乗っていたことに気付いたのだろう。ざまみろ、と菅野はほくそ笑んだ。おかげでここ数日、晴れやかな気分だった。自分の人生が、確実に上向こうとしている実感があった。

「ただ、一点だけ気になる箇所がありまして」

土門の一言に、菅野の表情が固まった。

「……というと？」

「はい。些細なことですが」

入念に見直し、完璧に仕上げたはずだ。穴などあるはずがない。英語の綴りが違うとか、そういったケアレスミスだろうか？　だが菅野の直感は否と告げている。何か、もっと重大なことを土門は口にしようとしている。

「論文に掲載されていた《図3》なんですが。あの回折チャートは、別の論文に掲載されているものとよく似ています」

土門が口にしたジャーナル名は、海外のマイナー誌であった。菅野の表情が凍りつく。

「えっと、どういう意味ですか？」

「そのままですよ。回折チャートが似ているということは、被験物質の構造も似ているということです。何か参考になるかもしれません。よければ、後ほど論文をメールでお送りしておきます」

どうやら、単なるアドバイスとして口にしたようだ。

「……ありがとうございます」

菅野は安堵の息を吐く。心配は杞憂だったらしい。

「しかしよく気付きましたね、そんなこと」

「ええ、まあ」

土門は事もなげに答える。

「このところX線回折を集中的にやっているので、関連する論文は片端から読みました。菅野さんの論文を読んだ時、真っ先に思い出したのがそれでした」

「片端からって言っても……」

「ざっと千報は」

菅野は「千」と言ったきり、二の句を継げなかった。普通に読んで、読みこなせる数ではない。しかも土門がX線回折に着手したのはおよそひと月前だ。その短期間で千報を読むのは、もはや人間業ではない。

恐ろしいのが、それをまったく鼻にかける様子がないところだった。千という数字が普通ではないことくらい、土門自身もわかっているはずだ。それでも得意げな雰囲気は一切ない。やるべきことをやったまで、と言わんばかりだった。

絶句する菅野に、土門は平然と言う。

「よければ今度、実地で使わせてもらえませんか」

「あの分析法を、ですか」

「ええ。せっかく開発されたものですから」

菅野は「もちろんです」と微笑みを返す。

「ただ、注意も必要なんです。分析条件がまだ安定していないので、うまくいかないかもしれません。それにこの方法では、普通のX線回折と違って検体は戻ってきません。特殊な媒質に溶かすので」

「……そうでしたね」

「貴重な検体は避けたほうがいいと思います」

土門はまだ言い足りないことがありそうだったが、菅野のほうから話を打ち切った。これ以上話していると、余計なボロが出てしまいそうだ。「そろそろ行かないと」と会釈した菅野に向かって、土門はさらに深く頭を下げた。

「あの論文には心から感動しました。今後、科捜研の仕事も大きく変わっていくでしょう。本当にありがとうございます」

どう応じるべきか判断できず、菅野は「いいえ」と言い残して大股で歩き去った。

——これでいいんだ。

菅野は必死で自分を説得する。あの土門誠が、自分に感謝している。教授だって喜んでいる。学生だってもう馬鹿にしてこない。最初から、こうなることを望んでいたじゃないか。しかし自分を納得させようとするほど、胸の痛みはますます強くなった。

駅前にある居酒屋の大部屋には、若者のはしゃぐ声がこだましていた。

菅野は二十代の学生たちに交ざって、大してうまくもないつまみを食べながらウーロン茶を啜る。時おり学生が気を遣って話を振ってきたが、会話は弾まず、いつの間にか話の輪から外れていた。

忘年会がはじまってすぐ、やっぱり欠席すればよかった、と後悔した。

飲み会は苦手でたびたび断っていたが、ラボの忘年会だけは顔を出すよう、教授に命じられていた。これこそアカハラだよな、と思いながら、菅野は出席を承諾した。論文の成果がラボ内で認められ、気が大きくなっていたせいでもある。誰かが褒めてくれるかもしれない、という淡い期待もあった。

だが実際に飲み会がはじまると、誰も研究の話などしなかった。学生たちは同じ学科内のゴシップや、互いの恋愛事情について話すだけだ。そんな話題についていけるわけもなく、菅野は黙々とウーロン茶を飲むしかない。喜んで学生の輪に入っている教授が信じられなかった。古川は別のテーブルで楽しげに飲んでいる。菅野以外の誰もが、この大部屋に居場所を確保していた。

何度目かのトイレに立った。個室に入り、スマホをいじって時間をつぶす。流れている陽気なＢＧＭが耳障りだった。

メールボックスを確認したが、新しい便りはない。もどかしい思いでアプリを閉じる。

菅野が心待ちにしているのは、雑誌のエディターからの連絡だった。

論文は昨日、有名雑誌に投稿したばかりだ。追加のデータを求められることはあっても、拒否（リジェクト）されることはないと見込んでいた。もしも拒否なら数日以内に連絡が来るはずだ。自信があるからこそ、早く結果を知りたかった。

受理されれば、世界中の研究者がこの論文を知る。トップジャーナルに掲載されれば、大学もプレスリリースを打つ。そうなれば、新聞や雑誌からの取材も来るだろう。いずれ世界中から問い合わせが舞いこむはずだ。なかには助教や准教授の椅子を提供してくれる研究機関もあるかもしれない。いや、きっとある。偉大な業績には相応の反響があるべきだ。

――本当にありがとうございます。

なぜだか、土門の言葉が蘇（よみがえ）った。

土門は科捜研の技官として、信念に基づいて仕事をしている。決して組織の歯車として働いているだけではない。そうでなければ、事件性のない遺体の死因究明などという、優先度の低い業務に没頭したりしない。

土門に比べて、自分には信念も何もない。ただ、人から認められたいだけ。社会の役に立ちたいとか、真理を究明したいとか、そんな志はない……

菅野はうつむけていた顔を強引に上げた。

まただ。他人と自分を比較したって仕方がない。彼には研究者として、群を抜いた実力がある。しかし自分にはそれがない。最初から、比べること自体に無理がある。持たざる者が戦うには相応の手段が必要だ。

土門のことは忘れよう、と決める。これ以上考えると病んでしまいそうだった。

トイレから出たところで、古川と鉢合わせた。彼もトイレから出てきたようだった。無言で通り過ぎようとしたところ、「菅野さん」と呼び止められた。

「あんまり飲んでないですよね」

何を問われているのかわからなかった。とりあえず「お酒、苦手だからね」と答えると、古川は親指で出入り口のほうを示した。

「外でちょっと話しません？」

菅野は眉をひそめた。なぜ、古川と二人きりで話さなければならないのか。怪訝そうな表情をする菅野に、古川は「疲れたんすよ、俺も」と言う。そのまま返事も待たずに外へ歩き出していく。菅野がついてこないなどとは、想像もしていない足取りだった。

不満を覚えつつ菅野は後を追う。不可解ではあるが、飲み会に嫌気がさしているのは事実だった。席に戻ったところで黙ってウーロン茶を飲むしかない。

一階の居酒屋から外に出ると、夜の空気に包まれた。暖冬のおかげか、十二月だがさほど気温は低くない。通りの端に古川と並んで立つ。手持ちぶさたな菅野は、通り過ぎていく男女を見るともなく見ていた。

古川が「菅野さん」と切り出す。

「この間は、すみませんでした」

向き直った古川が深々と頭を下げた。驚きで固まる菅野に、顔を上げた古川が困ったような顔で言う。

「講師の仕事馬鹿にして、申し訳ありません」

「それはもういいけど……急になに？」

「俺、本当は大学の教員になりたいんです。アカデミアで働きたいんです」

古川はけばけばしく輝くネオンに視線を向けた。

「でも、その度胸がない。だから就職するだけです」

意外だった。いつも自信満々で、他人に自分の実力を認めさせることを喜びとしている男だと思っていた。その古川が、眉尻を下げて弱音を吐いている。ラボで見る姿とは別人のようだった。

「古川くん、もう論文二報も出してるよね。十分実力はあると思うけど」

「それくらい普通ですよ、博士なら」

古川はひどくつまらなそうに言う。

「有名なジャーナルに載ったわけでもないし、一生探究できるほど掘り甲斐のあるテーマでもない。手堅くやったとは思いますけど、手堅さだけで生きていける世界じゃないじゃないすか」

調子に乗っているだけだと思っていた古川は、想像よりはるかに現実的な考えを持っていた。

「ぶっちゃけると、菅野さんが羨ましいんですよ。もちろん大変だと思いますけど、そっちの道を選んだ菅野さんは、マジですごいと思います」

褒められているはずなのに、居心地が悪かった。古川の顔を見ていられない。眼鏡のレンズをハンカチで拭くふりをして、目をそらした。

「あの論文だって、普通の研究者じゃ書けないと思います。俺が言うまでもないですけど、絶対トップジャーナルに載りますよ。それだけ優秀なのに、偉そうにしないし、謙虚だし。菅野さんみたいな人が、一流の研究者なんだと思います」

違う。全然、違う。あなたはわかってない。

頭のなかで巡る言葉を口にする勇気はなかった。アルコールを飲んでいないのに吐き気を覚える。古川の顔を見ることができない。

「私、一流なんかじゃないよ」

そうつぶやくのが精一杯だった。古川は「やめましょうよ」と言う。

「そこまで卑下することないじゃないですか。俺、菅野さんに勇気もらったんですから」

「勇気なんて……」

「企業に就職するの、やめました」

驚いて古川の顔を見返すと、夜のネオンを浴びた顔は笑っていた。

「俺もアカデミアに進みます。苦労するかもしれないけど、後悔したくないんで」

吐き気がいっそう強くなった。頭がくらくらする。

——私のせいだ。

あの論文が、古川に夢を見せてしまったのだ。任期付きのしがない講師でも、偉大な成果を残し、一発逆転できるのだと。研究者という仕事も捨てたものじゃない、と。

菅野はその場にしゃがみこんだ。古川が「大丈夫ですか」と慌てる。

「ごめん。ちょっと立ちくらみ」

「水買ってきます」

コンビニに駆けこむ古川の背中を見送りながら、菅野は心のなかで謝罪する。

ごめんなさい。あなたの人生を変えてしまって、本当に、ごめんなさい。


土門から呼び出されたのは、クリスマスの近づいた年の瀬だった。

約束の午後三時。放射線装置室を訪れると、いつものベージュのジャケットを着た土門が待っていた。実験をしている気配はない。直前まで作業していたのか、デスクの上でノートパソコンが開かれている。

「お忙しいところ、呼び立ててすみません」

「とんでもない」

促されるまま椅子に座り、土門と向き合う。カーテンが閉ざされた部屋は妙に息苦しい。

土門は世間話をするかのように、何気ない口調で切り出した。

「投稿した論文はどうなりました？」

「無事、査読に回りました」

つい先日、雑誌のエディターから返信があった。査読に回ったということは、門前払いを食らわなかったことを意味する。受理に向けての第一関門は突破した。あとは査読者からの回答を待ち、修正を指摘されればその通りに直せばいい。

「あの内容なら拒否はないでしょうね。完璧すぎるほどに、完璧ですから」

どこか意味深な口ぶりである。菅野は反論したい気持ちを堪え、沈黙を選んだ。下手に発言すれば墓穴を掘りかねない。

「ところで、菅野さんはヤン・ヘンドリック・シェーンを知っていますか」

「はい？」

「聞いたことは？」

菅野は首を横に振った。

「では、ご説明します」

土門が語るところによれば、ヤン・ヘンドリック・シェーンは二〇〇〇年頃に世界の注目を浴びた物理学者だという。彼の論文は数々の一流誌に掲載され、その画期的な成果から現代物理学の寵児ともてはやされた。だが二〇〇二年、シェーンは勤務先のベル研究所を解雇される。彼の書いた論文の多くは、捏造だったのだ。

「興味深いエピソードですね」

菅野はこわばった顔でそれを聞いた。

「さらに興味深いのは、ここからです」

土門はまったく顔色を変えない。

「シェーンの主な成果に、有機物単結晶を用いたトランジスタの開発がありました。これももちろん捏造でした。しかしシェーンが解雇されてから一年後、アメリカやオランダなどで、その作製に成功する研究チームが現れたのです。今度はまぎれもない事実でした。その後、量子ホール効果、トランジスタを用いた超伝導など、シェーンが捏造してきた成果が今では現実のものとなっています」

険のある菅野の視線をものともせず、土門は平坦な声で続けた。

「ある意味でシェーンは、物理学の未来を先取りしていたと言えます。捏造自体は許されるべき行為ではありませんが、彼がその予見をもとに粘り強く研究を進めていれば、正しい方法で、画期的な成果を挙げることができていたかもしれない。実に惜しいことです」

菅野は奥歯を強く噛みしめた。額に脂汗が滲む。口のなかがやけに乾く。

「土門さん。本題はなんですか？」

「失礼しました。ご遺体の死因究明がまた進展したので、ご報告を」

咳ばらいをしてから、土門はノートパソコンを操作し、ある構造式を表示した。

「オピオイドの構造を決定しました。未報告のデザイナードラッグのため手こずりましたが……標準品の合成も行い、ご遺体の血中からかすかですが当該のオピオイドを検出しました」

「少なくとも、死亡時には摂取していたってことですね？」

「はい。さらに視点を変えて、故人の生前の行動に着目しました」

故人は急死だったためか、メールに細工をした跡は見られなかったという。そのため、後ろ暗いやり取りの記録もすべて残っていたようだ。

「電子機器の内容を確認したところ、携帯電話のメールにオピオイドの購入を示唆するものが残っていました。亡くなる一年前から、ほぼ一か月おきに購入されているようです。このことから常習的に使用していたことがわかります。ちなみに、現時点では業務との関係は見られません」

当たり前のように言うが、菅野には引っかかるところがあった。

「あの、普通電子機器ってパスワードでロックがかかっているのでは？」

「ご遺族の了解を得たうえで、ロックを解除し解析させてもらいました。パソコンや携帯電話の解析は、科捜研では日常茶飯事です。盗撮事案であれば、削除された画像を復元することもあります」

情報科学に疎い菅野は素直に驚いた。削除した画像まで復元できるなら、スマホ内での証揉隠滅などできそうにない。

「刑事部内でメッセージ記録をもとに流通ルートを追っていますが、そちらは特定作業の途上です。しかし違法なオピオイド取引の端緒はつかめました」

「何よりです」

「さらに、もう一つわかったことが」

土門は菅野から視線を外さない。

「故人が最後に取引を行っていたのは、亡くなる二日前でした。にもかかわらず、オピオイドの取引量と実際の残量に著しく差がありました。ここまで得られた情報から合理的に考えれば、故人は生前にオピオイドを過剰摂取したと推測されます」

質量のある静寂が、二人の間に落ちた。

「……つまり?」

「今回のケースはオピオイドの過剰摂取が直接の死因であり、過労による病死と認定することは難しいと結論しました」

ぶうん、と唸る音がする。部屋の隅にある冷蔵庫から発せられていた。まるで、菅野の不満を代弁しているようだった。

「いいんですか、土門さん」

いつもの無表情で土門は応じる。

「いいも何も、それが結論です」

「故人は過重労働にさらされていたんでしょう？　なら、会社にも責任があるはずじゃないですか。土門さんが言っていたみたいに、仕事がオピオイドを常習するほどのストレスの原因になっていたのではないですか。会社に責任を取らせるには、過労死だと認定させるほうがいいに決まってる」

菅野は土門との会話を思い出し、熱くなっていた。土門の父は過労死が疑われながら、実質的に死因不明で処理された。その無念を晴らすための死因究明ではなかったのか。遺族の気持ちがわかると言っていたのに、諦めていいのか。

「客観的に判断した結果ですから」

当の本人は、無念さなど感じさせない。まるでロボットだった。菅野がさらに言い募ろうとすると、彼は「ですが」と言った。

「異なる観点から、会社に責任を取らせる方法が残されています」

「……そうなんですか？」

「ネックは、一般人である故人がどうやってオピオイドの売買ルートを知ったのか、にあります」

土門は言葉を選んでいるのか、慎重に語る。

「スマホの内部には、オピオイドの取引をはじめる直前、職場上司からメールを受け取った形跡がありました。これは故人の手で削除されていましたが、科捜研で文面を復元したところ、あるＳＮＳアカウントが記載されていました。そのアカウントは、いわゆる売人のものと推測されています」

菅野にも、話の流れが読めてきた。

「職場での紹介だったんですね?」

「いまだ推測ですが。事実なら、オピオイド乱用は個人の問題ではなく、職場全体の問題だった可能性があります」

普通、従業員が違法薬物を使った場合、就業規則違反として従業員側が処罰の対象となることが多い。しかし、上司から違法薬物の使用を勧められたとなれば事情は違う。管理職の注意義務違反が認められれば、会社は損害賠償責任を負うことになりかねない。

土門は過労ではなくオピオイド汚染を理由に、会社の責任を問う方向へシフトチェンジしたのだ。

立ち上がった土門は冷蔵庫の扉を開け、マイクロチューブをつまみ出した。なかには少量の粉末が入っている。

「上司のデスクから押収した検体です。これが件のオピオイドだと証明できれば、先ほどの推論が強固になります。しかしご覧の通り、検体は非常に少量です。賦形剤等の成分を除けばさらに少なくなる。通常の分析法では検出できません。そこで、菅野さんにお願いがあります」

菅野は、心拍数の上昇を覚えた。

——まさか。

「あの論文で報告された手法を用いて、検体を分析していただけませんか？」

予感は的中した。答えは一つしかない。

「土門さん。以前も申し上げたように、あの分析法は条件が安定していません。はっきり言って、分析が失敗する可能性は高い。しかも検体は返ってきません。それでも構わないんですか？」

「構いません」

即答だった。

「現状、他に方法はありませんから。副所長の了解も取っています」

「上司の自供を取ったほうが早いんじゃ？」

「それができないから、ご相談しているのです。相手も必死です。違法薬物だとわかれば自分の罪だけでなく、部下の死を招いた責任も問われるでしょうから。あるいは、さらに広範な知り合いにオピオイドを勧めているかもしれない。罪が重いがゆえに、頑なに否定を続けているのでしょう。しかしこのチューブの中身が件のオピオイドだと確定すれば、少なくとも所持については否定できない」

小さいチューブのなかで、粉末が揺れた。

菅野が沈黙することをわかっていたかのように、土門は「個人的な意見ですが」と滑らかに続ける。

「菅野さんに任せて失敗するなら、致し方ないという覚悟はあります」

「……何を言ってるんですか？」

「私が知る限り、化学分析の実験手技で菅野さんに勝る研究者はいません」

あまりに無機質な表情で言われたせいで、それが賞賛の言葉だと理解するのに数秒かかった。あるいは、菅野が褒められ慣れていないせいだったのかもしれない。

「それはどうも。お世辞でも嬉しいです」

「お世辞や誇張を、私は口にできません」

土門が言うと、説得力がある台詞だった。

「私は共同研究の過程で菅野さんの条件設定やチャートを拝見してきましたが、いずれも隙がない美しさでした。分析をすることと、美しい分析をすることは別です。菅野さんは、美しい分析をすることができる数少ない方です」

菅野は返事もせず、じっとその言葉を噛みしめた。

どうして、もっと早くそれを言ってくれなかったのだろう。土門が自分を認めていると知っていれば、一途に美しい分析を追い求めることができたかもしれないのに。

土門はチューブを冷蔵庫に戻し、扉を閉めた。冷徹な視線が菅野に刺さる。

「菅野さん。やっていただけますか？」

やると言え、と心のなかから声がした。

頑なに断ったほうがよほど不自然だ。やると言ってしまえ。実際には、預かった検体は捨ててしまえばいい。土門には「分析に失敗した」と言えば済む話だ。失敗の可能性はあらかじめ伝えているんだから、怪しまれることはない。土門さえ騙せれば、あとはどうにでもなる。

やると言え。早く。

菅野の声は細かく震えていた。土門と正面から見つめ合う。

「あ、あの」

——目に見える毒物だけが、毒ではありません。

なぜか、その言葉が蘇った。たしか過労死のことを指していたはずだ。だが、今の菅野には別の意味に聞こえた。

見えない毒は、菅野の心を侵食している。将来への不安。教員や学生への劣等感。ふがいない現実への苛立ち。土門を騙せ、とささやく声が聞こえるのも、毒のせいだった。

菅野は知っている。

この仕事が、土門にとって個人的な意味を持っていることを。彼の父と同じように、会社に身を捧げた末に亡くなった故人のため、土門は死因を究明してきた。その特別な思いを踏みにじってもいいのか。自分が毒されているとわかっていながら、その毒に従うことが許されるのか。

「土門さん」

「はい」

「私は……」

喉が痙攣して、声が出ない。身体が、その言葉を口にすることを拒否している。言うな。言えば、破滅だぞ。身体の内で誰かが叫んでいる。しかし菅野はすでに、その声の主を知っている。毒に侵されたまま生涯を終えるのはごめんだった。

固く目を閉じ、両手を握りしめて恐怖に耐え、菅野ははっきりと言った。

「私は論文を捏造しました」

時が止まった。

土門は微動だにせず、菅野を見ていた。

――言ってしまった。

ふっと身体が軽くなった。全身から力が抜けていく。土門は小さく「そうですか」とつぶやいた。

「その告白は、これが最初ですか？」

「はい」

「教授や、他の方には？」

「言っていません」

ふう、と土門は重い息を吐いた。考えこむように指先で目頭を押さえる。困惑と落胆がないまぜになった顔をしていた。さすがの土門でも、気楽に受け止められる告白ではないらしい。

「土門さんは、知っていたんですか？」

何よりも気になっていたのはそこだった。

図の盗用を指摘された時は、さすがに焦った。だがそれ以外、論文が捏造だと発覚する要素はないはずだった。

「確信はありませんでした。ですが、そうかもしれない、とは」

「いつから？」

「最初に概要(アブストラクト)を読んだ時です」

菅野はつい、「嘘でしょう」と応じていた。概要には図も含まれていない。具体的なデータすら見ていないのに、どうやって不正をしたと勘づくことができるのか。土門は立ち上がり、綴(と)じた紙束をブリーフケースから取り出した。科捜研に回覧した菅野の論文だった。

「捏造以外、菅野さんがこのタイミングでこの論文を発表する意図が、合理的に説明できなかったからです」

「それは……成功するかわからないテーマだから、周囲には内緒で進めていたということですよ。ラボの方針と異なる研究をやっていたら、どんな横槍(よこやり)が入るかわからない。そういう説明なら、矛盾しないでしょう？」

土門は論文に目を落としながら、「いいえ」と一蹴(いっしゅう)した。

「現在の講師というポジションは、任期付きでしたね？」

「そうですが」

「教授からは、成果次第でパーマネントもあり得ると言われていたのではないですか。任期付きの研究者にとって、結果を出せるかどうかは死活問題です。菅野さんは、できるだけ早いうちに成果を出したかった」

「それが何か？」

苛立って尋ねたが、土門はマイペースに話し続ける。

「普通に考えて、これだけ画期的な成果なら、途中段階でもラボ内で公表するでしょう。そのほうがパーマネントに昇格できる可能性が高まるのですから。失礼ですが、菅野さんの年齢と経歴を踏まえると、一刻も早く成果を出したかったはずです」

「………」

「しかし、それはどうしてもできなかった。なぜか」

土門は人差し指を立てた。

「実験データが存在しないからです」

その指で論文を弾く。ぱん、と乾いた音がした。

「まともな研究者なら、まずはノートなどに記録した生のデータで議論するはずです。しかし、この論文に関してはそれができなかった。実験データなど端から存在しないのですから。だから菅野さんは、いきなり論文を見せるしかなかった。完璧な捏造データを仕上げようと四苦八苦しているうちに、任期ギリギリになってしまった……こう考えるほうが合理的です。繰り返しになりますが、当然他にもあらゆる可能性がありますから、そうかもしれないと推測しただけです」

すべて、その推測通りだった。うなだれる菅野の後頭部に、土門の声が降る。

「論文中に先行文献と酷似した図があることは、以前お伝えした通りです。ですが、これも偶然でないとは言い切れません。結局のところ、ここで告白を聞くまで確信は持てないままでした」

「……ちょっと待ってください」

ここまでの説明には筋が通っているが、解せない点も残っていた。

「私が自白しなかったらどうするつもりだったんです？『その検体を分析する』と答えていたら？」

「もちろん、任せましたよ」

「私が適当に言い訳をして、検体を捨てていたら？　その可能性を考えていなかったわけじゃないでしょう？」

「菅野さんが自ら話すまでは、信じようと決めていましたから」

土門の返答は迷いない。

「先ほど言ったはずです。分析手技で菅野さんに勝る研究者はいない、と」

「でも、だからって……」

「あなたはおそらく、あなたが思っている以上に周囲から信頼されている。だからこそ、誰も実験データを出せと言わなかった。あれだけの成果をいきなり見せつけられれば、普通は誰だって疑いたくなる。それを問答無用で信じこませたのは、あなたが信頼されているからだ」

言われてみれば、そうだった。教授をはじめとするラボのメンバーにも、共同研究先の科捜研にも、実験データの提出を求められることはなかった。皆、論文だけで菅野の主張を認めてくれた。

——私が、信頼されていた？

容易に呑みこむことはできなかった。自分は常に蔑まれ、軽んじられているのだと思っていた。

「受理される前に、論文は撤回しましょう」

土門の口調はいつもより鋭かった。

道義的にはそうすべきだとわかっている。だが、論文が捏造だったと教授や科捜研に明かせば、大問題になる。外部に公にされることはないだろうが、研究者間で噂が広まるおそれはあった。アカデミアは狭い世界だ。学界で知られるようになれば、菅野はもう研究者として働けない。

「でも……」

ためらいを口にすると、土門は「ご心配なく」と言った。

「私はここで話したことを、一切他言しません。共著者には、データに意図していない欠陥があったとか、代わりの理由を伝えればいい。退職までごまかせば、それ以上は追及されることもないでしょう」

「それって」

「揉み消しに加担したいのではありません。もし論文を取り下げなければ、私も相応の手段を取ります」

土門は「ただし」と目元の鋭さを緩めた。

「まだ、引き返せる地点です。ポストを獲得できるかどうかは、運やタイミングにもよります。菅野さんは、まっとうな方法で生き残れる実力が十二分にある。僭越ながら、その点は私が保証します。あなたなら大丈夫」

菅野は両手で顔を覆った。嚙み殺せなかった嗚咽が、口の端から漏れた。あなたなら大丈夫。ずっと、その一言が聞きたかった。押しつぶされそうな不安から救ってほしかった。菅野は袖で涙を拭い、充血した目で土門を見た。

「それは……土門さんの個人的な見解ですか？」

「科学者として、客観的に判断した結果です」

土門はぎこちない微笑を浮かべた。笑うことに慣れていないのが透けて見える。けれど、それでもなお笑おうとしてくれた事実が、菅野の胸を締めつけた。

*

毎度引っ越しの準備がはかどらないのは、引き出しの奥や段ボールのなかから思い出の品が出てくるせいだ。当時のことを回想し、感傷に浸っているうち、作業の手が止まる。

三月末。菅野は綴じられた紙の束を手にしていた。昨年、トップジャーナルに投稿した論文だ。

――懐かしいな。

投稿から半年も経っていないのに、はるか過去のように感じられる。

この論文は昨年末、投稿を取り下げた。土門に捏造を告白した数日後、〈重大な欠陥が見つかった〉とエディターにメールを送った。教授には、データの計算ミスがあったと説明した。修正が終わり次第再投稿すると言ったが、そのつもりはない。あの論文自体、一から十まで欠陥なのだから。

冷静に考えれば、当時はどうかしていたとしか思えない。どんなに華々しく注目されようが、論文捏造はいずれ必ず発覚する。再現性が得られなければ、疑いの目を向けられる。あのまま論文が受理されていたら、と想像するだけで恐ろしかった。

菅野は迷うことなく、論文をシュレッダーにかけた。人生を逆転させるはずだった紙束は切り刻まれ、細かい紙くずに変わった。

クローゼットを片付けていると、今度はスーツが出てきた。大学での面接に着ていったものだ。

必死の就職活動が実り、菅野は四月から協和（きょうわ）大学で働けることになった。都内にキャンパスがある大学で、理系の名門だ。任期付きのポストだが致し方ない。これからも、コツコツと業績を積み重ねるしかない。

デスクの上のスマホが震えた。科捜研からだった。着信を取ると、聞き覚えのある声が耳に届いた。

「警視庁科捜研の土門です」

土門には一時間前に電話をしたが、不在だった。わざわざ折り返しの電話をかけてくれたらしい。菅野は礼を伝えてから「明日、引っ越しなんです」と言った。

「昨日科捜研に挨拶（あいさつ）に行ったんですけど、土門さんがいなかったんで、お礼を言いたくて電話しちゃいました」

「わざわざ恐縮です」

「在職中は、本当にお世話になりました」

型通りの挨拶だが、菅野にとっては特別な意味がこめられていた。ある意味、教授よりも世話になった相手かもしれない。

「土門さんがいなかったら、私、研究者として死んでいました」

呼び出されるのがあと少し遅ければ、きっと一線を越えていた。研究者としての死を迎える直前に引き戻してくれたのは、土門だった。彼はそれには答えず「例のご遺体のことですが」と言った。

「ようやく、全容が見えてきました」

土門は、過労死が疑われた遺体の件について進捗を語り出した。

捜査は意外なところから進展した。会社に警察の手が伸びていると知った別の社員が、みずからオピオイドの乱用を告白したのだ。その社員が、上司から売人を紹介されたこと、上司自身も所持していることを証言した。この証言を基に、警察は上司の逮捕に踏み切った。家宅捜索したところ自宅から大量のオピオイドが見つかり、物証も得られた。

会社では長らく過重労働が横行しており、「長時間働くことが善」という風潮が社員たちに染みついていた。上司は過酷な労働を乗り越えるためにオピオイドの使用に手を染め、次第に部下たちにも推奨するようになったという。

——会社のために、死に物狂いで働いていただけなんです。

逮捕後、上司はそのように語っていたという。

「はっきり言って、今回の事案は幸運でした。向こうから自白してくれなければ、捜査はもっと長引いていたかもしれません」

達成感のかけらもない、無機質な声で土門は言う。

「科捜研であの検体を分析できなかったのは、かえすがえすも残念です。ますます精進が必要だと思い知らされました」

「でも、土門さんが死因究明に妥協しなかったからこそ、オピオイドの過剰摂取という突破口が開けたんですよ。そこは誇りに思うべきじゃないですか?」

「X線回折装置の使用に際しては、ご協力いただき感謝いたします」

土門はやはり、土門だった。愛想がなく、冗談を口にせず、何事もマイペースで進める。

付き合いにくいかもしれないが、彼は誰よりも真摯に仕事と向き合っている。研究者にとってそれ以上に優先すべきことはない、と菅野は思う。

「次の職場は協和大学でしたね？」

「はい」

「機会があれば、また一緒に仕事ができるといいですね」

その一言がただの決まり文句ではないことを、菅野は知っている。彼は本心しか口にすることができない。

「ぜひ」

通話を切り、引っ越しの作業に戻る。換気のために開け放した窓から、春の風が入ってきた。部屋に積もった埃が吹き飛ばされていく。菅野の頬に冷たい空気が触れ、前髪が揺れた。

迷うことなくひたむきに仕事をしていれば、きっとまた土門と会える。

そんな予感がした。

神は殺さない

一人きりのダイニングで、尾藤宏香はノートパソコンを叩いていた。

科警研に勤務する尾藤は、三次元顔画像データの解析を急いで進めている。上司へ報告する期限は来週であり、それまでに積み残した解析を完了させなければならない。本来、仕事を自宅に持ち帰ることは禁じられているが、非常事態のためしょうがない、と自分に言い聞かせていた。

尾藤は壁にかけられた時計に視線をやる。時刻は午後九時を少し過ぎたところだった。この時間ならまだ職場に居残ることもできたが、夫と約束があるから早めに帰宅したのだ。結果、自宅で残業をする羽目になった。

スマホを確認するが、まだ夫からの連絡は来ていない。

「遅れるなら、連絡くらいしなよ」

独り言がダイニングの静寂に溶けていく。

尾藤が夫——土門誠と結婚したのは、昨年だった。

付き合っていることは職場では秘密にしていたから、結婚を報告した時は周囲にひどく驚かれた。土門は科警研でも色々な意味で有名人だった。科捜研ナンバーワンとも噂される鑑定能力。化学、生物学から情報科学までカバーする広範な知識。そして、信じられないほどの愛想のなさ。

——あの土門さんと結婚するんですか？

何度もそんな台詞（せりふ）を投げかけられた。いい意味でないことは、尾藤もよくわかっている。そう言いたくなる気持ちもわかる。彼女自身、出会った時にはまさか土門と結婚することになるとは想像もしていなかった。

土門に興味を持ったきっかけは、鑑定人としての優秀さだった。彼は加賀（かが）副所長とあわせて〈科捜研の砦（とりで）〉と呼ばれるほどの実力者である。尾藤が当初、土門に対して抱いていたのは闘争心だった。この男にいつか追いつき、追い越してみせる。そう心に決めて仕事に打ち込んできた。

だが講習会や学会で顔を合わせるたび、土門の人間としての一面が見えてきた。

彼はただの偏屈者じゃない。自分なりの確固とした倫理観を持っているし、見ていないようでちゃんと人を見ている。表には出にくいけれど、喜怒哀楽の感情も持っている。

それに、土門のロジカルな思考は居心地がよかった。たとえ人間として魅力的でも、感情本位な相手は一緒にいてストレスだ。その点、土門は一を聞いて十を理解してくれるから、話が早い。

アプローチしたのは尾藤からだった。身を焦がすような大恋愛、というわけではない。ただ、一緒にいれば研究者としても、人間としても、成長できる気がした。

意外に土門は、腑に落ちさえすれば柔軟な対応もしてくれる。最もそれを実感したのは、名字変更について話し合った時だ。

実は、夫の戸籍上の名前は「尾藤誠」である。

結婚する時、尾藤は名字を変えることに猛反発した。女性研究者が結婚にともなって名字を変えたことで、論文に掲載される名前も変わってしまい、過去の業績と紐づけることが難しくなったという話を聞いていた。結婚ごときのために、女性だけがキャリアに悪影響を被るのは不平等だ。

そんなことを話したところ、土門は無表情で首肯した。

——一理ある。それなら、私が姓を変えよう。

そういう経緯で、土門は名字変更にかかわる厄介な手続きをすべて引き受けてくれた。夫のこういうところが、尾藤は好きだった。どんな相手に対しても対等で、見下したり、軽んじたりしない。いつも理性と客観性に基づいて判断し、時には自分が不利益になることも厭わない。

——それにしても。

九時半になっても土門は現れず、スマホに通知も来ない。

土門はとにかく連絡を寄越さない男だった。遅刻しようが、出先ではぐれようが、メッセージもメールも送ってこないし、電話もかけてこない。尾藤は何度も文句を言っているのだが、一向に聞く耳を持たなかった。連絡を取り合ったほうが互いに便利なはずなのだが、なぜかそこだけは合理的に考えない。

尾藤は作業を中断し、キッチンの冷蔵庫を開けた。帰宅途中に買ったご馳走とシャンパン、それにケーキが入っている。ケーキは尾藤の好物である栗をふんだんに使ったモンブランだった。

今日は、夫婦の結婚記念日だった。

土門には、「この日だけは絶対に早く帰ってほしい」と一か月前から伝えていた。多忙な二人が自宅で顔を合わせる時間は限られている。平日はもちろん、週末も研修や出張、学会などで家を空けることが多い。二人で夕食をとる機会は、週に二度あればいいほうだった。だから結婚記念日くらいは一緒に過ごしたかった。そろって休みを取るのは難しいから、せめて夕食だけでも。土門にそう提案した時、彼はこう答えた。

――たしかに、家庭の構成員である夫婦が、過去一年間の家庭運用についてレビューするのは有意義な試みだ。

独特な言い回しだが、約束したのは間違いないはずだ。定時に帰る、とも言っていた。土門は愛想こそないが、約束を破る人間ではない。不穏な想像が尾藤の脳裏をよぎった。

時刻は午後十時を回った。どうせ返ってこないだろう、と思いつつ、尾藤はメッセージを送る。

〈大丈夫？　事故とかじゃないよね？〉

送信ボタンをタップした直後、玄関ドアが解錠される音がした。尾藤は勢いよく立ち上がり、玄関へ向かう。

そこには土門が立っていた。いつもと同じベージュの上下だ。土門はまったく同じジャケットとスラックスを七セット持っており、毎日着ている。服装で悩みたくないから、というのがその理由だった。

無事に帰ってきた夫に安堵しながらも、尾藤が発した「ちょっと」という一言には、隠しきれない棘があった。

「こういう時は連絡して。心配したよ」

土門は妻の言葉にぴくりとも反応せず、無表情で靴を脱いでいる。そのまま横をすり抜けようとしたため、思わず尾藤は腕をつかんでいた。

「聞いてる？　私、言ったよね。今日は早く帰ってって」

立ち止まった土門は、ゆっくりと尾藤に顔を向ける。

「悪かった」

そう口にする彼の顔は、くすんだ白に染まっていた。形質人類学者という仕事のせいか、尾藤はふだんから人の顔色や表情の変化に敏感だった。土門の顔には、ほのかに苛立ちが漂っていた。

「……何かあった？」

「なんでもない」

「嘘でしょ。何かあった顔してる。帰りも遅かったし」

「なんでもないから」

土門は尾藤の腕から逃れ、自室のドアノブに手をかけた。土門と尾藤には各々の自室があり、寝室も分けている。尾藤は「待って」と夫の横顔に言う。

「話終わってないんだけど。晩ごはんもまだなんじゃないの？　何かあるなら聞くから、とにかくこっち来て」

無意識のうちに、尾藤の声は大きくなっていく。ここで引き止めなければいけない、と直感が告げていた。そうでないと、このまま夫が手の届かない場所に行ってしまいそうな気がした。

だが土門は振り返りもせず、ドアを開けた。

「申し訳ないけど、今日は一人にしてほしい」

有無を言わさず、ドアは閉じられた。尾藤は静寂を取り戻した廊下に立ち尽くす。

――なんなの？

問いかけても、答えがないことはわかっていた。

冷蔵庫のなかでは、出番を待つモンブランが冷え切っていた。

翌日、科警研に出勤した尾藤は直属の上司である室長から呼び出された。

昨夜（ゆうべ）は一人でご馳走を食べ、シャンパンを飲んだ。結婚記念日だというのにどうしてこんなに惨めなディナーなのか。怒りにまかせて土門の分は捨ててやろうかと思ったが、ギリギリで思いとどまった。食べ物に罪はない。

土門は早朝に家を出たのか、けさ起きた時にはもういなかった。案の定というべきか、食事やケーキは手つかずのままだ。昨夜飲みすぎたせいか、少し頭が重かった。

尾藤は不機嫌さを隠して、会議室で室長と対面する。どうせデータ解析の催促だろう、と高をくくっていた。

「尾藤さんには色々と頼んでいるけれど、パンクしてない？」

「問題ありません」

私を誰だと思っているんだ、と内心で毒づく。少々の多忙さで音を上げるような、やわな鍛え方はしていないつもりだった。

「この状況ですまないけど、新しい案件を担当してほしい」

室長が気まずそうに切り出したのは、予想外の話だった。

「どこからの依頼ですか」

「警視庁。しかも至急なんだ」

室長はさっそく、資料を交えて説明をはじめた。

遺体が発見されたのは、十一月の雨の夜だった。

午後十一時半、東京都北区の二階建て木造アパートから火が出ているという119番通報が、付近の住民からあった。駆けつけた消防車両によって火は消し止められたが、アパート一棟が半焼。一階の階段下には住人私物の灯油タンクが置かれており、引火していれば大規模な火災につながっていたおそれもある。

住人の大半は無傷だったが、出火元とみられる二階の部屋から男性一名の遺体が見つかった。火傷（やけど）を負った遺体は、顔貌（がんぼう）や歯型から部屋の借り主である三十七歳の会社員、佐貫吉利（さぬきよしとし）と判明。遺体が横たわっていた布団の間からは煙草の燃え殻が見つかっており、出火原因は寝たばこ、佐貫の死因は一酸化炭素中毒と推定された。

状況から事件性はないものと思われたが、引っかかる点も残されていた。佐貫の遺体には、一酸化炭素中毒で亡くなった者に特徴的な、鮮紅色の死斑（しはん）が観察されなかったのだ。とはいえ、一般論として死斑の程度は遺体によって差があり、ほとんど目立たないケースもある。鮮紅色の死斑がないからといって、即座に一酸化炭素中毒を否定できるわけではない。加えて、今回の遺体は腹部や背中に火傷を負っており、死斑の観察が難しい。

警視庁はこの遺体を「事件性なし」として処理しようとした。日々無数の事件事故に対応している刑事部としては、自然な見解といえる。

だが、この判断に科捜研のある技官が強く反対した。

その技官は、死因を明白にするための血液分析を行うべきだと主張した。遺体の血中から一酸化炭素へモグロビンが検出されれば、一酸化炭素中毒死である可能性が高まる。逆に検出されなければ、まったく異なる死因だと推定される。

科捜研内での議論を経て、その主張は認められた。実際に遺体の心臓内血液を分析したのも、同じ技官だったという。

分析の結果、血中から検出された一酸化炭素へモグロビンは2パーセント未満に過ぎなかった。これは通常血中に含まれる基準範囲内である。なお、他の有毒ガスを吸引した痕跡(こんせき)も、同じく検出されなかった。


「その技官って……」

話はまだ途中だったが、尾藤は質問を挟まずにはいられなかった。問いの意図を察した室長が頷(うなず)く。

「分析を担当したのは、土門君だと聞いている」

思った通りだった。

土門は遺体の死因究明に並々ならぬこだわりを持っている。その背景には、過労で亡くなった彼の父が死因不明として処理された過去があった。どんなに些細(ささい)であろうとも、遺体に残された違和感を見過ごすことは、土門にはできなかったのだろう。

他にも気になることがあった。

「科捜研のなかで議論があったって、どういうことですか。私の立場で言うのもなんですが、土門の提案には合理性があると思います。マンパワーが取られるというならともかく、土門自身が分析を担当したんですから、その心配もないでしょう？」

室長は困ったように眉尻を下げた。

「又聞きだけど、土門君の提案に加賀副所長が難色を示したらしい」

「副所長が？　なぜ？」

科捜研副所長の加賀正之は、土門にとって最大の後ろ盾だった。土門は第一法医科に所属しているが、実質的には加賀の直下で仕事をしている。土門は加賀について、〈この世で最も尊敬している人〉だと公言しているし、加賀もまた人一倍、土門に目をかけている。二人は〈科捜研の砦〉と言われる名タッグのはずだ。

その加賀が、土門のまっとうな提案に反対する理由がわからない。

「悪いけど、詳しいことは知らないんだよね」

室長は伏せているわけではなく、本当に事情を知らないようだった。これ以上尋ねても意味はなさそうだ。尾藤は質問の方向を変えた。

「有毒ガスを吸引した痕跡がなかったということは、佐貫さんは火災前に亡くなった可能性が高いということですよね？」

「そうなるだろうね」

室長は緊迫した面持ちだった。尾藤の言葉が意味するところは、当然伝わっている。

仮に佐貫が火災前に亡くなっていたとなれば、出火原因が寝たばこであるという説も疑わしくなってくる。死者は煙草を吸わない。喫煙中に突然死した可能性もないではないが、何者かが意図的に火を放ったと考えるほうが自然だ。

不注意による失火だと思われていた事案が、一気に事件性を帯びてきた。

「それで、うちへの依頼は？」

「佐貫さんの死因特定だ」

尾藤は息を呑んだ。薄々そうではないかと思っていたが。

「解剖はやらなかったんですか？」

「やっているけど、死因は特定できなかった。ご遺体は全身を火傷しているが、目立った外傷がなく、一酸化炭素中毒死でもない。急性の心臓死と考える他ない、というのが担当者の説明だ」

手渡された資料は、解剖執刀医が記した検査記録だった。正式な報告書を作成するための草稿のようなものである。一読した尾藤は黙りこむ。確かに、急性心臓死以外の死因が思いつかなかった。

「けれど、刑事部はそれでは納得しない。心臓発作で死んだ人の部屋が偶然にも放火されたなんて都合がよすぎる解釈だからね。何らかの方法で他殺されたとみるのが自然だろう。そういうわけで、至急、死因を特定するよう依頼が来た」

腕を組んで聞いていた尾藤は、じっとりとした視線を室長に送る。

「法医学医がわからなかったものを、私に解明しろ、と？」

「この案件を担当できるのは、科警研では尾藤さんしかいない。形質人類学のスペシャリストであり、他分野への目配りもできる。お世辞で言っているわけじゃなくて、部長も同じ意見だった」

尾藤自身、自分が適任だという点に異存はなかった。まあ、それはいい。もっと大きな懸念が別のところにある。

「確認ですが。なぜ警視庁科捜研ではなく、うちで？」

「科捜研では技術的に難しい、というのが表向きの理由だ」

「嘘です。警視庁には土門がいる。彼にできない鑑定なら、うちだって無理です」

室長は苦笑した。

「土門君の実力はともかく、実際の理由は別にあるようだけどね」

尾藤が「なんです？」と促すと、室長は声をひそめた。

「刑事部から聞いたんだけど、科捜研には故人の関係者がいるらしい。さすがに関係者に死因特定は任せられないということで、途中から科警研にお鉢が回ってきた」

「……故人の関係者？」

「亡くなった佐貫さんは、加賀副所長と何らかの関係があったらしい」

その一言に、尾藤は異常な気配を感じた。

昨夜、蒼白な顔で帰ってきた土門が思い出される。先ほどの話では、加賀が土門の提案に難色を示したということだった。二人の間に、これまでとは異なる空気が流れはじめているように思えた。

尾藤の次なる質問を察知したのか、室長は「詳しいことは知らないからね」と先手を打った。

「さっき言った通りだよ。私だって、教えてほしいくらいなんだから」

「そうですか」

室長は頼れそうにない。ならば、尾藤がみずから調べるしかなかった。

いったい、土門と加賀の間で何が起こっているのか。夫の苛立ちの原因は、そこに隠されているに違いない。

尾藤が加賀と対面した回数は数えるほどしかない。同じ警察の技官であっても、組織が違えばそう頻繁には会わないものだ。ましてや、向こうは副所長である。交わした言葉もはっきりとは覚えていない。

ただ昨年の晩夏、結婚の報告をした時のことは鮮明に覚えている。

尾藤と土門、加賀は、東京駅からほど近い和食料理店で、アルコールを飲みながら会話に花を咲かせた。加賀は勝手に冗談を言って一人で笑う、という趣味を持っているが、不思議と不快ではなく、むしろその朗らかさが場をなごませる。丸眼鏡の奥の目は、機嫌よさそうに細められていた。

「こうして、二人そろって報告に来てくれるなんて嬉しいねぇ」

加賀はそう繰り返しながら盃を重ねていた。日本酒を三合空けた加賀は、顔を赤らめている。

「僕が妻と結婚した時は、今の土門君みたいな立派な成果、残してなかったなぁ」

「加賀さんも〈鑑識の神様〉と呼ばれているじゃないですか」

尾藤の言葉に、加賀は声を上げて笑う。

「神様なもんか。僕なんか、土門君に比べたら凡才もいいとこだぁ」

「そんな。加賀さんは新規の鑑定法をたくさん開発されてきたじゃないですか」

「そう言ってくれると嬉しいね。鑑定法の開発は、僕のライフワークだからねぇ。せっかくの遺留物も、犯人のものだと立証できなければ意味がない。鑑定法がないなら、自分で作ってしまえばいい。それだけのことだよ」

加賀は相好を崩したまま「ただね」と言った。

「僕がやってきた仕事は、僕がやらなくてもいずれ他の人がやっていた。けども土門君は違う。この人のやっていることは、この人にしかできない」

土門はうんともすんとも言わず、無表情で聞いていた。

――褒められてるんだから、お礼くらい言いなよ。

内心そう思いつつ、尾藤が別の話題を振ろうとした寸前、「それは違います」と土門が口を開いた。

「加賀さんの仕事こそ、加賀さんにしかできません」

当の加賀は「ありがたいねぇ」と酒の入った猪口(ちょこ)を口へ運ぶ。

「私は加賀さんの下で働けることを、光栄に思っています」

「でも僕は、そんな大したことした覚えはないよぉ」

「警察内部は、無数のしがらみに溢れています。私は警察に入って失望しました。公共の安全と秩序の維持を第一義にしていながら、体面や効率を優先し、怠慢がはびこり、組織の論理にからめとられる。学生の頃は世間知らずだったとはいえ、警察は私の想像とはまったく異なる場所でした」

　土門はビールで口を湿して続ける。

「そんな警察にあって、加賀さんは組織の壁に囚われず、科学によって公益に資することを最優先になさっている。私が新人だった頃、最初に加賀さんと仕事をした時のことを覚えていますか」

「覚えてるよぉ」

　加賀がにやりと笑った。尾藤が土門に「なに？」と尋ねると、加賀がひらひらと手を振った。

「僕から話すよ。彼が新人の頃、ＤＮＡ鑑定の依頼があってねぇ。土門君の出した鑑定結果が、捜査本部の見立てと食い違っていたんだ。気性の荒い捜査官が科捜研に怒鳴りこんできてねぇ。こんな結果が出るはずない、腕の悪い若手がやったんだろう、もう一度やり直せってゴネたんだよ」

　土門の鑑定人としての技量が知られるようになったのは、ここ数年のことだ。当時はそのような主張をする捜査官がいたとしても、おかしくはなかった。

「ありそうな話ですね」

尾藤の合いの手に、「そうなのよ」と加賀が同意する。

「よくある話といえば、そう。でも土門君もこういう人だから、譲らないよね。自分の手技に落ち度はなかった。実験ノートも残っている。不審だと思うなら具体的に指摘してみろって言い張って」

「技官として当然の主張です」

土門は平然と言い返した。きっと当時も同じような態度をとっていたのだろう、と尾藤は察する。

「まあ、そうは言っても実際に捜査する人間の意見は強いからねぇ。当時の土門君の上司は、あっさり折れて鑑定をやり直すって承諾しちゃった。土門君ではない、別の技官に担当を替えたうえでね」

「捜査本部の意見を呑んだんですね」

「そうなるねぇ。しかも、新しい担当者は捜査官たちのプレッシャーに負けて、見立て通りの結果を出してしまった。鑑定結果を都合よく解釈したわけだねぇ。当然、本来あってはならないわけだけど、捜査本部は大喜びだった」

尾藤は両手を握りしめ、奥歯を嚙んだ。

捜査方針に追従するよう、鑑定結果をねじ曲げるなんてあり得ない。端的にいって、それは捏造だ。事実と異なる証拠は冤罪を生む……数年前の尾藤なら、そう主張していたに違いない。

しかし警察組織に浸りきった今は違う。その判断が捜査官たちにとって、必ずしも悪ではないことを知っている。

世の中には、限りなく黒に近いグレーの人間が大勢いる。捜査に関わる誰もが悪人だと確信しているのに、捕まえることができない人間というのは存外少なくない。彼ら彼女らは、目撃証言や物証がないのをいいことに、今日も平然と罪を重ねている。科捜研の鑑定結果は、そういう被疑者を逮捕するための決め手になる。

捏造ではなく、悪を悪として裁くために必要な手続きなのだ。そう信じている捜査官が一定数いることは、否定できなかった。

「……それで、どうなったんです?」

加賀は土門を指さした。

「この人がずいぶん荒れてねぇ。直属の上司に言ってもしょうがないってことで、管理官だった僕のところまで直訴に来たのよ。このような不正は許されない、事態が改善されなければ辞職するって譲らなくてねぇ。そうだよねぇ?」

いつになく、土門が暗い顔でうなだれた。

「若気の至りです」

「自分の主張を認めろ、さもなくば辞める、なんていうのは、言っちゃ悪いけど稚拙な脅しだよ。だったら辞めてくれ、と言われるのがオチだねぇ」

のんびりとした口調だが、加賀の意見は辛辣だった。土門は「反省しています」と低い声で唸る。尾藤は新鮮な気持ちで、加賀の話に耳を傾けていた。土門にもそういう時期があったのだ。

「ただ、土門君の実力は当時から間違いなかった。僕はその件を担当していたわけじゃないけど、実験ノートを見せてもらうと、彼の言い分が正しそうだとわかった。こういう時、僕が信じるのは……」

加賀は日本酒を啜って、言う。

「科学的に正当性があるほうだ。組織の力学なんて関係ないよねぇ。だって、科学は嘘をつかないから。嘘をつくのは、いつだって人間だ」

土門は神妙な顔で耳を傾けている。

「とは言え、真正面からゴリゴリ行ってもうまくいかない。組織には組織のやり方があるからねぇ。そこで、僕は一芝居打つことにした」

「芝居?」

「そう。組織は根回しと芝居で動くんだよ」

加賀は口角を持ち上げた。

「長いこと鑑識や科学捜査をやっていると、刑事部に知り合いがたくさんできる。捜査本部の管理職にも何人か知り合いがいたから、まずは個別に〈新しい鑑定結果だと矛盾が生じちゃうよ〉って耳打ちした。誰々さんもこのままじゃまずいと思ってるみたい、って言い添えてね。そのうえで、捜査会議に出席させてもらった」

「加賀さんが一人で、ですか？」

「だって、土門君や新しい担当者が出席したら、誰かのメンツが潰（つぶ）されちゃうでしょ。管理官だった僕が単独で出席したほうがいい。そこで、新しい鑑定結果は不備があったから取り下げさせてほしい、って芝居したの。試薬がどうのこうの、って理由をつけてね。捜査担当者はむっとしてたけど、管理職には事前に根回ししてあったから、異議なしで終わったよ。結局その件は被疑者が逮捕された後、土門君の鑑定が正しかったことが証明されたけどねぇ」

ずずっ、と酒を啜る音が響く。

「科捜研が捜査本部と対立するのはまずいけど、同化するのはもっとまずい。僕らは結論ありきで動いちゃいけない。科学に殉じ、科学に奉仕することこそが鑑定人の仕事だからね。そのためなら、根回しだろうが何だろうががやるよぉ」

加賀は尾藤にへらへらと笑いかけた。

「思いのほか地味な話だったでしょ？」

「いや、そんな」

「それでもね、地道にやっていくしかないんだよ。組織を動かす魔法なんてない。科学は魔法じゃないからねぇ」

「私は、加賀さんの姿勢を尊敬しています」

居住まいを正した土門は、まっすぐに加賀を見据えていた。

「あの時、何人かの幹部に相談しましたが、動いてくださったのは加賀さんただ一人でした。皆、事が済んでから手のひらを返して私を評価するようになった。でも加賀さんだけは最初から私を信じてくれた。今も科捜研で仕事を続けていられるのは、あの時信じてくださったおかげです」

「さすがに大袈裟だろぉ」

「いえ。加賀さんに無視されていたら、本心から辞めるつもりでしたから」

さらりと言っているが、尾藤にはそれが誇張ではないとわかった。土門は思っていないことを口にしない。どこまでも、自分に嘘をつけない男なのだ。加賀は照れたように頭を掻いていた。

「いやいや、僕がお祝いしなきゃいけないのに、こっちがいい気分になっちゃって申し訳ないねぇ。家にいる妻や猫たちにも聞かせてやりたいよ。家ではいつも邪険にされているから」

その一言で、子どもはいないのかな、と尾藤は察した。

「加賀さんは、ご結婚されて何年になるんです？」

問いかけに、加賀は「もう十五年」と言った。

「夫婦円満のコツって、あるんですか？」

「そんなものないよぉ。お互いが、足並みを揃えようという気持ちさえあればいいんじゃないの。少なくとも妻に怒ったことはないねぇ」

「加賀さんが怒ったり、誰かを憎んだりする姿って想像できないですもんね」

「うーん、それはどうだろう？」

突如、加賀の顔から笑みが消えた。

「僕にだって、憎い相手くらいいるよぉ」

その表情の変化に、尾藤ははっとする。まずいことを言ってしまったかもしれない。そう思ったが、話題を変える間もなく、加賀は真顔で話し続ける。

「人は、生きてるととてつもない悲しみに襲われることがある。僕はそういう現場をたくさん目にしてきた。だから自分の身に悲劇が起こっても、うろたえない自信があった。でも、いざ実際に起こってみると、そんな経験は役に立たないものだねぇ。みっともなく取り乱して、この世の終わりみたいに落ち込む。それでもなお、乗り越えられない悲しみというのがあるんだよ」

卓の上に置いた拳を握りしめ、加賀は言葉を吐き出す。

「神様はねぇ、たまに想像を絶するほど残酷なことをする」

しん、と個室は静まりかえった。土門に目くばせをすると、視線が揺らいでいた。

加賀は気まずさを払拭するように、にかっと笑う。

「ごめんごめん、急に湿っぽい話しちゃって」

「こちらこそ、すみません」

「もう一合、同じお酒飲みたいなぁ。僕、注文しちゃうね」

個室の引き戸を開け、「すみませーん」と陽気な声を上げる加賀には、先ほどまでの冷たい気配は微塵もなかった。

ただ、ほんの一瞬だけ見せた視線の鋭さは、尾藤の記憶にこびりついていた。

ノートパソコンを前に、尾藤は職場で頭を抱えていた。

窓の外では、寒風が枯葉を吹き飛ばしている。いっそ自分もどこかへ飛んでいってしまいたい。そんな無益な妄想をする程度には疲れていた。

――死因がわからない。

佐貫吉利の死因特定を命じられてから、一週間が経っていた。

この一週間、尾藤は他の業務をセーブしてあらゆる可能性を検討した。目立った外傷はないし、血液から薬毒物は検出されていない。脳や内臓の状態にも特筆すべきものは見当たらなかった。窒息死に特徴的な、顔の鬱血や結膜の溢血点もない。凍死の遺体にみられる左右心内血液の色調差もない。溺死や餓死の可能性も検討したが、いずれも空振りに終わった。

警視庁に話を通したうえで、火災現場にも足を運んだ。北区にある木造アパートは二階の一部が黒く焦げていたが、一階は無事であった。遺体が発見されたのは二階中ほどの部屋で、室内は黒い煤に覆われていた。佐貫の遺体が横たわっていたのは奥まった和室で、畳はほぼ全面が焼け焦げていた。

帰り道、灯油タンクが置いてあったという一階の階段下も確認した。すでに何者かによって撤去されていたが、火災当時は十リットル入りのタンクが三つ置かれていたという。尾藤は現場検証の写真で、赤いタンクが並んでいるのを確認していた。一階住人が勝手に置いていたものだという。幸い、雨天と消火活動のおかげで火はすぐに消えたが、引火していたら、と想像するだけで恐ろしかった。

火災現場をじかに見たことで、状況はよく理解できた。だが、具体的な収穫はなかった。

——どうしよう。

完全に、行き詰まっていた。

この仕事の重要さはよくわかっているつもりだ。警視庁刑事部にとっても、土門にとっても。だが、打つべき手が思いつかない。

本件について、土門には話していない。「何があったの?」と訊いたところで、答えが返ってこないのは目に見えていた。土門の口を開かせるには、何らかの物証を得るしかない。

警電が鳴った。いやな予感を覚えつつ、電話を取る。

「はい、科警研法科学第一部……」

「警視庁の新山です。尾藤さんですね?」

名乗り終えるより先に、きびきびとした男性の声が聞こえた。尾藤は仕方なく「そうですが」と応じつつ、予感が的中したことを恨んだ。

新山は警視庁刑事部の捜査官であり、この事案の担当者である。三十代前半でありながら、ノンキャリアで警部補に昇進している。彼と仕事をしたことがある科警研の同僚からは、やり手の捜査官だと聞いていた。

「進捗(しんちょく)はいかがですか」

新山は昨日の昼にも電話をかけてきた。たった一日で進捗があるわけないだろ、と思いながら「昨日話した通りです」と答える。電話の向こうから、あからさまなため息が聞こえた。

「恐縮ですが、もう少しスピードアップできませんかね」

ちっとも恐縮していないそうな口ぶりである。

「こちらも最善は尽くしています」

「ご尽力は感謝します。しかし、結果が出なければ意味がありません」

——いちいちムカつくなぁ。

かつての尾藤なら、ここで不機嫌さを露(あら)わにしていたかもしれない。だがそれなりに経験を積んだ今は、捜査官の言動に腹を立てたりしない。少なくとも、表面上は。

「前にも説明しましたが、現時点では毒殺や縊殺(いさつ)といった、他殺を裏付ける証拠は得られていません。執刀医の所見と合わせて、常識的にやれることはすべてやっています」

「では、病死だと断言できますか?」

「それは……」

通常、他に死因が考えられない場合は急性心臓死と判断される。実際にそうである可能性も否定できないのだから、矛盾はない。しかし今回のケースは特別だ。何者かが放火したおそれがある以上、安易に結論を出すことは許されない。新山は一音ずつ粒立てるように、くっきりと発声する。

「病死とするのは時期尚早ではないですか。本当に、まったく打つ手がないのか、考え直すべきではないですか」

「……はい」

「我々刑事部の役目は犯罪を捜査し、治安を維持すること。科警研の役目は、治安維持に資する情報を提供すること。そうですよね？　仮に佐貫さんが何者かに殺されたのだとしたら、犯人を野放しにはしておけない。さらなる被害者が出るかもしれないと思えば、諦めた、などとは口が裂けても言えないはずですが」

「…………」

尾藤は搦め手から来る相手よりも、真正面から問い詰めてくる相手のほうが苦手だ。こちらも論理的に応じようとするから、余計に返答に困ってしまう。

「別に、諦めたとは言っていません」

尾藤にはそう抗弁するのが精一杯だった。新山は興味深そうに「聞かせてください」と問い返す。

「現状、主に二つの可能性を検討しています。一つは未知の薬毒物で殺害された可能性。人体に有害な毒物は自然界に無数に存在します。人工物までふくめれば、その数はさらに多くなる。代表的な化合物については分析していますが、マイナーな毒物を使って殺された可能性は残っています」

昨年から今年にかけて土門が担当した案件は、まさにその実例だった。死因不明とされていた人物の所持品から、未知のオピオイド化合物が検出された。結果、その遺体はオピオイドの過剰摂取が死因であると結論付けられた。もしかすると、佐貫の遺体にも思いもよらない毒物が残されているかもしれない。

新山は「なるほど」と相槌（あいづち）を打った。

「もう一つは？」

「熱傷による死亡の可能性です」

「熱傷？」

怪訝（けげん）そうな新山の声が返ってきた。

「要は火傷での死亡ってことですか。そんなこと、あり得るんですか」

「あり得るから検証しているんです」

ここぞとばかりに、尾藤は言い返す。

「熱傷での死亡はいくつか機序が考えられます。たとえば、気道の熱傷による窒息。あるいは、熱傷創からの細菌の侵入による敗血症。しかし遺体の所見や血液検査の結果から、佐貫さんの場合これらの可能性は低いとみられます」

「なら、駄目じゃないですか」

「話はまだ終わっていません。熱傷性ショック、という言葉を知っていますか？」

新山は「いえ」と即答する。

「循環血液量減少性ショック、ともいわれる症状です。つまりは、広範に熱傷を負うことで大量に体液を失う症状ですね。すぐに輸液療法を受ければ一命をとりとめることができますが、そうでなければ……」

「死に至る、と」

納得した様子の新山に、「その通りです」と尾藤は言う。

「佐貫さんのご遺体からは、これといった他殺の痕跡が見つかっていません。しかし、全身の熱傷だけは見過ごされている。仮にこの熱傷が火災によるものではなく、火災前からのものだとしたらどうでしょう?」

「木を隠すなら森のなか、と言いますね。焼死体を隠すなら火災現場のなか、というわけですか」

新山のたとえはいささか露悪的に聞こえたが、尾藤が言いたいことは伝わっているようだ。

「犯人は、火を放てばごまかせると考えたのかもしれません。事実、失火による一酸化炭素中毒死ということで、一時は処理されかけていました。実は熱傷性ショックだったという線も、可能性としてはあるかと」

「で、どうやってそれを立証するんですか?」

尾藤は返答に詰まった。問題はそこである。

「解剖所見からは、何とも言えません」

「待ってください。尾藤さんが言い出したんですよ」

「わかってます。熱傷の程度や面積から、なんとか再現実験ができないか考えます」

「くれぐれも、至急でお願いします」

無慈悲な言葉を残して、通話は切れた。

新山の立場を考えれば、急かしたくなる気持ちはわかる。尾藤が同じ立場でもそうしただろう。だから不当な扱いを受けているとは思わない。ただ……

――めちゃくちゃムカつく。

尾藤は感情にまかせてキーボードを叩く。たん、とエンターキーが一際大きな音を鳴らした。

やっぱり土門に相談してみようか、という考えが頭をよぎる。彼ならば、尾藤が見過ごしている着眼点に気付けるかもしれない。だが、そもそもこれは科捜研からスライドしてきた案件だ。科捜研の土門に相談するのははばかられる。

あの日以来、土門の様子はおかしいままだった。

帰宅してもほぼ無言を貫き、自室に閉じこもっている。仕事で何かあったのは間違いない。亡くなった佐貫と加賀副所長の関係も、いまだ不明。

何もかも、わからない。尾藤は再び頭を抱えた。

加賀にまつわる記憶はもう一つある。

尾藤と土門は、結婚後も披露宴を行わなかった。二人ともその必要を感じなかったからだ。

尾藤の母は披露宴を望んでいる節があったが、たった一日のイベントに大金を使うくらいなら、マンション購入の頭金にでもしたほうがましだ。

ただ、「お祝い会」という名目で、互いの職場の技官たちを集めた飲み会はやった。正確にいえば、やった、というよりも、やることになってしまった。それも尾藤たちは、加賀が主催した飲み会にただ出席しただけだ。

——せっかく科捜研と科警研から生まれたカップルなんだからさぁ。大っぴらにお祝いする機会がほしいよねぇ。

加賀は当初、科捜研の所長まで担ぎ出そうとしていた。だがさすがに土門が断り、双方の職場の同僚たち二十名ほどが集まる会に落ち着いた。

居酒屋の大部屋には開始直後こそ硬い空気が流れていたが、じきにそこここから賑(にぎ)やかな会話が聞こえてくるようになった。尾藤と土門は離れて座らされ、出席者たちがその周りを囲んだ。

尾藤のテーブルには、たまたま科捜研側のメンバーばかりが揃っていた。酒の入った尾藤は、前々から気になっていた質問をぶつけてみた。

「加賀さんって、どんな方なんですか?」

土門が加賀を尊敬していることは知っていたが、どんな人物なのか、今一つわからないところがあった。とぼけているかと思えば鋭いところがあり、人懐こいように見えて冷たい一面が垣間見える時もある。

人物評を知りたい時、土門はあまり当てにならない。彼の鋭い観察眼は、なぜか他人とのコミュニケーションではあまり発揮されない。加賀の人柄について訊いても「いい人」とか「鋭い」とかいった、ほとんど足しにならない答えしか返ってこない。

質問を受けたベテランの女性技官は、そうねえ、と考えこんだ。

「一言では言いにくいよね」

女性技官は加賀との付き合いが長いらしく、二十年来の知り合いだという。その彼女でも、加賀の人柄を表現するのは難しいらしい。

「少なくとも、愛想と人付き合いはいいですよね。土門とは大違いです。なんで土門に目をかけてくださるのか、正直わかりません」

酔った勢いで語る尾藤に、女性技官は答える。

「私はあの二人、そっくりだと思うけど」

「そうですか？ 似ているところ、あります？」

「うまく言えないんだけど……土門君も副所長も、人を生き物として見ているよね」

土門と加賀は、どちらも違うテーブルにいる。それにもかかわらず、なぜか女性技官は声をひそめた。

「私たちは、近くに他者がいたらコミュニケーションを取ろうとするでしょう？ 相手のことを理解したいと思うし、自分のことを理解してほしいと思う。それが普通の考え方だと思うのね」

「はい」

「でもあの二人は、違う。相手の内面に興味がないし、他人に理解してほしいとも思ってない感じがする。人間であっても生物の一種目に過ぎないっていうか、科学的な観察の対象としか思ってないいんじゃないかな」

そこで彼女ははっとした。

「ごめんなさい！　結婚のお祝いの場で、変なこと言って」

「いえ、気にしないでください。土門に関してはまったくその通りですから」

おそらく、土門は他人との相互理解を望んでいない。尾藤もそれを承知のうえで結婚したのだから、傷ついてはいなかった。

——でも……。

同じことが加賀に当てはまるという見方は意外だった。ただ、考えてみれば違和感はない。愛想がよく、人と話すのは好きだが、常にどこか一線を引いて冷静に相手を見ている。そういう気配は確かにあった。

「加賀さんって、奥様と猫ちゃんと一緒に暮らしてるんですよね」

「そうそう。猫ちゃん、かわいがってるみたいね」

「お子さんはいらっしゃらないんですかね？」

何気ない問いかけに、女性技官は目を見開いた。

「知らないの？」

「何をです？」

「加賀さん、何年か前に娘さんを亡くされているの」

ビールを口に運ぶ手が止まった。土門からはそんなこと、一度も聞いていない。だが女性技官の話しぶりから察するに、科捜研では皆知っていることなのだろう。尾藤は別のテーブルに目をやる。

視線の先では、顔を赤らめた加賀が朗らかに笑っていた。


久しぶりに面と向かって土門と話したのは、週末の夜だった。

その日、講師として研修に参加していた尾藤は午後七時過ぎに帰宅した。玄関でブーツを脱いでいる最中、土門が自室から姿を現した。

「少しいいか？　話がある」

土門から話を持ちかけるのは珍しい。一日がかりの仕事で疲れていたが、断る理由はなかった。

「私も訊きたいことあるから」

コートとバッグを自室に置いた尾藤は、ダイニングテーブルを挟んで土門と向き合った。土門はいつもと同じベージュのジャケットを着ている。平日だろうが休日だろうが、土門の服装はこれと決まっていた。

土門は沈黙したまま、組んだ両手を見つめている。いつになく、用件を切り出すのをためらっているようだった。

「話って？」

焦れた尾藤が言うと、ようやく夫は口を開いた。

「刑事部から聞いたけど、死因特定を担当しているんだろう。北区の火災現場から見つかったご遺体の」

「それが？」

本当は、加賀との間に何があったのか、すぐにでも問い詰めたかった。だがぐっと堪える。まずは土門に話をさせたほうがいい。

「どうせ、捜査一課からは詳しい経緯を聞いていないんだろう？」

「そう。あの人たち、全然教えてくれなくて」

「なら私が話す」

尾藤はつい、「いいの？」と明るい声を出した。土門が首肯する。

「経緯がわからなければ、鑑定にも悪影響を及ぼすかもしれない」

なぜ今日まで話さなかったのかはわからないが、とりあえず、今は措いておく。夫の気が変わる前に、聞けることはすべて聞いておきたかった。土門はいつもの低い声音で切り出す。

「あの件はもともと、私の担当だった」

「らしいね。上司から聞いたよ」

「しかし、刑事部に取り上げられた」

尾藤は目を細める。

「どういうこと?」

土門は眉をひそめつつ、このひと月弱の顚末を語りだした。

土門が佐貫の遺体についての情報をキャッチしたのは、事件直後だった。別件で相談に来た捜査一課の捜査官から、「鮮紅色の死斑がない焼死体」の話を聞いたのだ。興味を示した土門は、さっそく加賀に相談した。

いつもなら土門の提案に真っ先に賛同してくれる加賀が、なぜかこの時は顔をしかめた。

――それはあんまり面白くなさそうだねぇ。

それでも土門は、死因を特定したいと食い下がった。不審な点があれば徹底的に究明するのが土門のやり方であり、加賀もまたその姿勢を買っているはずだった。だが反応は変わらなかった。

――仮に、有毒ガスによる中毒死でなかったとしても、熱傷性ショック死の可能性もあるしねぇ。それを立証するのは難しいし、あんまり意味もないように思うけども、どうかなぁ。

そこまで聞いた尾藤は、悔しさを内心で押し殺した。今自分が突き当たっている壁は、加賀がとっくに見抜いていたということだ。

口調こそ穏やかだが、加賀の助言は命令に近い。加賀がそこまで言うなら、と、土門はいったん引き下がった。だがそれは見せかけに過ぎなかった。

「反応からして、どれだけ説明しても加賀さんの許可はもらえないと判断した。だから第一法医科の上司の許可を取り付けて、血液分析を強行した。一応、所属上は第一法医科だから」

「副所長の同意がないまま、やっちゃったの？」

驚きのあまり、尾藤の声は裏返っていた。土門は苦しげに頷く。

「そうするしかなかった」

「でも……そこまでして、死因特定をする必要があったの？」

「もし宏香が、亡くなった当事者だったらどう思う？　自分が亡くなった本当の理由を、明らかにしてほしいとは思わないか？」

その反問に、尾藤は答えられなかった。土門はどこまでも正しい。

説明は淡々と続いていく。

「血中に有毒ガスを吸引した痕跡がなかったことは、もう知っていると思う。私はその結果を捜査一課に報告し、捜査一課は一気に他殺説へと舵(かじ)を切った……ここまでが、私の知っている経緯だ」

尾藤は土門の話を頭に刻み込んだうえで、「ありがとう」と礼を言った。

「でもさ、一つ大事なこと言い忘れてない？」

土門の瞼(まぶた)がぴくりと痙攣(けいれん)した。

「大事なこと？」

「亡くなった佐貫さんと加賀副所長の間には、何か関係があったんでしょう。だから、科捜研ではなく科警研が作業を引き継ぐことになった。そう聞いているけど。その関係って、なんなの？」

科捜研側の当事者である土門が事情を知らないはずはない。あきらかに、彼は何かを隠している。尾藤はさらに詰め寄る。

「この件について教えてくれるなら、そこまで話さないと意味がないんじゃないの。ねえ。いったい、科捜研で何が起きてるの？」

土門の口は、固く閉じられていた。彼は沈黙すると決めたのだ。こうなったらもう、テコでも動かないことを尾藤は知っている。

テーブルを挟んだ睨み合いは、痺れを切らした尾藤が立ち上がるまで続いた。


佐貫の死因特定に着手してから二週間が経過した、その日。科警研の会議室で、新山は不機嫌さを隠そうとしなかった。

「本当に手は尽くしたんですか？」

電話で聞くよりも甲高い声が、尾藤を責める。

長身といい、痩せた体軀といい、新山のシルエットは土門とどこか似ている。ただし顔立ちはまったく違う。秀でた額に、くっきりとした二重の目。部屋に入ってからというもの、新山は鷲鼻に載った銀縁の眼鏡を、何度も苛立たしげに押し上げていた。

テーブルの上には分厚いファイルが置かれていた。この二週間の苦闘の記録である。尾藤はファイルを前にきっぱりと言い切る。

「現状、想定される範囲のことはすべて検討しました。法科学第一部として、これ以上の追究は難しいと考えています」

新山が口をへの字に曲げる。

「それは、尾藤さん個人の意見ですか？　それとも……」

「科警研の総意と取っていただいて結構です」

部長や室長には、事前に合意を取っていた。やれるだけのことはやった。そのうえで、病死と考えるしかない、という結論だった。

新山は唸りつつ、目頭を揉んだ。

「病死だとして、火災のほうは説明がつきますか？　佐貫さんが死んだ後に火災が発生したのは明らかですよ。放火と考えるのが自然でしょう」

「高い確率ではないですが、喫煙中に心臓発作に襲われ、火のついた煙草を取り落とし、結果として火災になったという経緯もあり得ます。病気が理由の、不慮の事故だったということです」

そのような事故が稀だということくらいわかっている。だが、心臓発作で亡くなった直後にたまたま放火されたと考えるよりは、よほど筋が通っていた。

「現場近くには、灯油の入ったポリタンクがありましたよね？」

新山がまったく違う角度から発言した。

「もし私が放火の実行犯なら、あの灯油を使います。事件当夜は雨で湿度が高かったし、灯油でも使わないと、火をつけるのは難しいでしょう。現にポリタンクの一つは満タンではなかった。あの灯油が放火に使われたことを立証するのはどうです？」

「燃焼前ならともかく、燃焼後の残渣を分析して、灯油が使われたことを立証しろ、と？　そんな分析方法あるわけが……」

言いかけて、尾藤は口をつぐんだ。自分には思いつかないが、分析化学に詳しい者なら手法を知っているかもしれない。たとえば、土門とか。

「専門外ですが、検討はしてみます」

「よろしく頼みます」

新山は偉そうに腕を組み、ファイルをめくっている。その姿を見ているうち、尾藤の胸に捜査一課への憤りがふつふつと沸きあがってきた。

「こちらにも、言いたいことがあるんですが」

「はい？」

「新山さん、色々隠してますよね」

ほんのわずかだが、新山の目が泳いだ。

「色々というと？」

「捜査状況を、意図的に科警研に伏せていますよね。なぜ共有してくれないんですか？」

「言う必要がないからです」

あっさりと、新山は開き直った。

「言えば、鑑定結果が変わるんですか？　そのほうが問題では？」

「同じ目的に向かっている仲間なのに、情報に偏りがあるのはおかしい、と言ってるんです。こちらはすべてのデータを開示していますよ」

「仲間ねえ」

新山はあさってのほうを見ながら、口元を緩めた。小馬鹿にしたような笑みが、尾藤の感情をさらに刺激した。

「佐貫さんと加賀副所長の関係って、なんですか？」

「お答えできません」

「どうしてそこまで他殺にこだわるんです？」

「それも、お答えできません」

新山は頑(かたく)なに、捜査状況を語ろうとしなかった。

他組織の人間に口出しされたくない、という捜査本部の気持ちもわかる。捜査の責任を負うのは彼らであり、科警研ではない。ただ、尾藤には新山がもはや意地で黙っているようにしか思えなかった。

「なら結構です。いずれにせよ、現状では病死と言うしかありません。他殺を疑うのは無駄だと思いますよ」

首をすくめた新山が、ため息を吐いた。

「もう少しだけ待ちます」

そう言い残し、新山は会議室を後にした。尾藤は一人きりの会議室で、ちっ、と派手に舌を鳴らした。


週末、尾藤は再び研修の講師として教壇に立った。

受講者は警察関係者がほとんどで、いくらか気は楽だったが、それでも二時間の講義はくたびれた。終了後に懇親会もセッティングされていたが、キャンセルして帰宅した。連日、死因特定と定常業務に追われて疲弊していた。

「ただいま」

自宅の玄関ドアを開けた時から、違和感はあった。どことは言えないが、いつもと違う空気が漂っている。土門は休日で、尾藤が家を出る時には自室にこもっていたはずだ。静寂が家のなかを満たしていた。

ふいに、尾藤の自室のドアが内側から開けられた。部屋から出てきたのは、目を伏せた土門だった。

「……えっ？」

一瞬、尾藤には目の前の出来事が理解できなかった。土門は、尾藤の不在中に勝手に部屋に入るような夫ではないはずだ。それくらいのモラルは持っていると思っていたし、第一、他人の生活には興味などなさそうな男だ。その土門が、尾藤の自室から現れた。

「何してるの？　掃除？」

「いや」

土門は言い淀み、開け放されたドアの向こうに目をやった。すぐさまブーツを脱いだ尾藤は、土門を押しのけて部屋に入る。まさか、室内をあさっていたのだろうか。そんな変質者まがいのことを、夫がするとは考えたくなかった。

だが想像とは違い、部屋は片付いていた。特にどこかを触った形跡もない。ただ一点を除いては。

デスクライトが点灯していた。明かりの下には、完成したばかりの佐貫の解剖報告書が広げられている。先日、刑事部経由で送られてきたものだった。自宅で検討するために印刷して持ち帰ったのだが、たしか、報告書は書類の山の上に積んでいたはずだ。デスク上に広げた記憶はない。傍らには土門の私物であるルーペもあった。

振り返ると、すでに覚悟を決めたのか、土門は尾藤を正面から見ていた。

「勝手に解剖報告書を見たの？」

問いかけに土門は「ああ」と応じた。

「この数時間、ずっと読んでいた。画像にもすべて目を通した」

報告書には、遺体の皮膚や臓器を撮影した写真も添付されていた。通常よりも入念に記録が残されているのは、他殺説を唱える捜査一課の要望だと聞いていた。

「どうして？　言ってくれればこっそり見せたのに」

土門は戸惑いを振り切るように、首を振った。

「……怖かったから」

「はっ？」

「私が解剖報告書を見たら、佐貫の死因がわかってしまうかもしれない。他殺だと立証できてしまうかもしれない。それが怖かった。だが報告書を見たこと自体が知られていなければ、私は知らないふりをしていられる。病死ということにできる」

「何それ」

夫の発言の意味がわからなかった。自然と尾藤の声がとがる。

「いい加減にしてよ。あなたも捜査一課も、肝心なことは何一つ教えてくれない。そのくせ結果は求めてくるし、勝手に解剖報告書を覗き見するし……馬鹿にしてるの？　あなたたちは、科警研をなんだと思ってるの？」

長い沈黙が漂った。

土門の逡巡は、尾藤にもひしひしと伝わってくる。話すべきか、黙るべきか。だが尾藤も後には引けない。

「……わかった。話す」

観念したのは、土門のほうだった。

ダイニングに移動した二人は、向かい合って互いの椅子に座った。尾藤は手を組み合わせ、無言で促す。

「……亡くなった佐貫には、過失運転致死の前科がある」

土門はいつにもまして、重い声音で話しはじめた。

佐貫吉利が過失運転致死で逮捕されたのは六年前。亡くなったのは三歳の女児で、突如、車道に飛び出したために避けきれなかったらしい。初犯ということもあって略式起訴となり、罰金五十万円の略式命令が下っている。佐貫は任意保険に加入していなかったらしく、遺族には自賠責保険以外の補償金が支払われなかった可能性が高い。

土門は一呼吸置いてから、続く一言を吐き出す。

「事故の被害者は、加賀副所長の娘さんだった」

尾藤は「えっ？」と声に出していた。

「ちょっと待って。その、佐貫さんが起こした事故の遺族が、加賀副所長ってこと？」

土門は「さっきからそう話している」と重々しく言った。尾藤は無意識に、頬に触れた。陶器のように肌が冷たい。

「それは……もちろん、偶然だよね？」

尾藤の脳裏に最悪の想像がよぎる。加賀にとって、亡くなった佐貫は娘を死なせた張本人ということになる。一般論として、それは佐貫を殺す理由になり得る。そして加賀は、佐貫の死因特定に消極的だった。

「まさか、そんなことないよね？」

土門の答えはない。

加賀の温和な風貌を思い出す。親しみやすい見た目と、間延びした話し方。警察よりも、地方の物産館か何かのほうが似合いそうな雰囲気。だがその実、数々の実績と指導力を誇り、警察内部では〈鑑識の神様〉と通称されている男……

どうしても、加賀という人物と殺人という凶悪犯罪とが結びつかない。尾藤は困惑を振り払い、できるだけ冷静に考えようとする。

「整理させて。佐貫さんが過去に起こした事故で、加賀さんの娘が亡くなっている。そして加賀さんは、佐貫さんの死因特定に反対している」

「間違いない」

「……それだと、加賀さんは佐貫さんを殺害した被疑者の一人ということになっちゃうんじゃないの？　可能性の話だけど」

おそるおそる、尾藤は口にする。土門は即座に「いや」と反論した。

「死因はまだわかっていない。死因が特定できない限りは、病死とするしかない」

それはそうだ。だが逆に言えば、他殺であることが確定すれば、加賀が捜査線上に浮かんでくる。少なくとも動機はある。

「たぶん、捜査一課はマークしてるよね？」

「そこまではわからない。捜査の詳細は聞かされていない」

「あなたはどう思うの？　加賀さんが佐貫さんを殺した可能性は、あると思う？」

土門の返答に迷いはなかった。

「〈鑑識の神様〉が、人殺しをするはずがない」

にわかに吊（つ）り上がった目には、怒りが宿っていた。いつもの土門らしくない。感情を露わにするところも、非論理的な物言いも。現時点で加賀が佐貫を殺したという証拠はないが、佐貫を殺していないという証拠もまた、ない。土門が口にしていることは、あくまで印象論でしかなかった。

「捜査一課は他殺だと考えているんでしょう？」

「一課の見立てが外れることなんてしょっちゅうだ。実例ならいくつでも挙げられる。私が立証したのは、ご遺体が有毒ガスを吸引していないという事実だけ。他殺だと言いたいわけじゃなかった。それに私は、佐貫が加賀さんの娘を死なせたことなんて知らなかった。もし事前にそれを知っていたら……」

「落ち着いて。冷静になって」

土門が尾藤を睨む。

「私が冷静じゃない、と言いたいのか？」

「そうだよ。今のあなたはちょっと普通じゃない」

尾藤は負けじと言い返す。ここで折れたら、夫が別人になってしまいそうな気がした。土門もさすがに応（こた）えたのか、じっとうつむく。だが、ゆっくりと顔を上げた土門の視線は、見たことがないほど揺れていた。

「……私は、加賀さんを信じたい」

その一言に滲（にじ）んだ違和感がわからないほど、尾藤は鈍くなかった。

「信じたい？」

信じる、ではなく？

――まさか。

「何かわかったの？」

すかさず尾藤は問う。土門はさっきまで、尾藤の部屋で解剖報告書を読んでいた。もしかしたら、その過程で何かに気が付いたのではないか。あの遺体が他殺であるという、何らかの痕跡に――

研究者として、認めたくない思いはある。これまで何週間も遺体と向き合ってきた尾藤を差し置いて、解剖報告書を一読しただけの土門が真相にたどりつくなど、同じ研究者としてあってほしくはない。しかし彼なら有り得る。それに、ちっぽけなプライドよりも、事実を知ることのほうがはるかに大事だった。

「やっぱり他殺なの？　何がわかったの？」

土門は眉間に皺を刻み、唇を引き結んでいた。

「もう隠さないで。お願いだから。言ってよ！」

土門は微動だにしない。口をつぐみ、哀しい表情で妻を見ている。

尾藤にはわかっている。どんな状況であれ、この男は嘘をつけない。科学の僕である土門にとって、それは死よりもつらいことだ。たとえ尊敬する上司を窮地に追い込むことになろうと、言わずにはいられない。

涙ぐむ尾藤を前に、土門はとうとう口を開いた。
「……あのご遺体は、他殺体だ」

室内には煙草の匂いが漂っている。警察署の会議室に詰めているのは、尾藤以外、全員が男性だった。

尾藤と上司である室長は、コの字形に並べたテーブルの一辺に並んで座していた。向かい側には新山とその部下、上座には捜査本部の責任者である管理官と、新山の上司である係長が座っている。管理官は体格のいい五十がらみの男で、叩き上げで出世した者に特有の風格があった。

佐貫吉利の死因が特定できたため、打ち合わせを設定してほしい。そう依頼したのは尾藤だった。当初、尾藤は捜査会議で直接報告することを提案したが、説明が込み入っているため別途会議を開くこととなった。捜査本部側の、科捜研の耳には入れたくない、という意図もあるようだった。

「では尾藤さん、説明をお願いします」

出席者がそろったところで、新山が切り出した。彼にはすでに電話で説明済みのため、管理官も含めて大筋は理解しているはずだ。

尾藤は、配付しておいた資料に目を通すよう促す。
「資料の二ページ目をご覧ください」

そこには、遺体の右手首を撮った写真が掲載されていた。熱傷のために皮膚はひどくただれている。

「拡大画像の、赤い丸で囲んだ部分に注目してください」

老眼鏡をかけた管理官が、目を細め、資料を遠ざけた。

「右手首に、小さいですが通電特有の痕跡――電流斑と思われる赤い痕が残っていました。心臓組織の一部にも同様の痕跡があります。この所見から、佐貫さんは電撃によって殺された可能性があると推察されます」

電流斑とは、電気が体内に流入または流出する時、接触点に残される熱傷である。紅斑をともない、また周縁部が盛り上がることで陥没したような痕となる。

尾藤の説明を聞いた管理官は、「んっ?」と疑問の声をあげた。

「どれのこと?　もう少し説明してくれる?」

「拡大したものが次のページにあります」

尾藤は淡々と話を進める。

「火災の熱傷のせいできわめてわかりにくくなっていますが、約一センチ四方の潰瘍ができています。中央がやや陥没していますね。これが電流斑の特徴です」

「普通の火傷とは違うの?　見分けがつかないんだけど」

「よく似ていますが、ここだけ潰瘍の境界が鮮明です。解剖執刀医にも確認を取り、火災による熱傷とは別個のものだという結論が出ています」

この見解を解剖執刀医に問い合わせた時、電話口で相手はため息交じりに言った。

——こんな微細な痕跡、よく見つけましたね。

見つけたのは私じゃないんです、とは言えなかった。尾藤が何日かけてもわからなかったものを、土門は解剖報告書を読んだだけで見抜いた。彼でなければ、この電流斑を見出すことはできなかったはずだ。

一応は納得したのか、管理官は「なるほど」と言った。

「理解した。そのうえで、ちょっと質問いいかな？」

老眼鏡を外した管理官が身を乗り出す。

「私も長いこと刑事畑にいるけど、電気で殺されたなんてのは初めてだ。普通に考えて、こんな特殊な方法で殺すことに何のメリットがあるのかわからない」

「目的があるとすれば、自然死に見せかけることかもしれません」

流れるように尾藤は答える。

「電撃による殺害は、電流斑を除けばほとんど急性心臓死と区別がつきません。その電流斑も、低電圧であればそこまで大きな痕にはならない。このケースだってそうです。もし火災による熱傷がなかったとしても、見過ごされていたおそれが十分にあります。それくらい微小な痕跡です」

「つまり、他殺であること自体を隠せるのがメリットだ、ということだな？」

「そうなります」

「だとすると、別の疑問が生まれる」

管理官は顎を撫でながら、宙を見つめる。

「犯人はなぜ、殺した後にわざわざ火を放ったんだ？　電気で殺す目的が自然死に見せかけることだとしたら、殺害後は放置して現場を去ればいい。現場は被害者の自宅なんだから、なおさらだ。わざわざ火を放つ意味がわからん。現に、こうして火災がきっかけで遺体の不審点が明らかになっている」

「憶測に過ぎませんが」

口を開いた尾藤を、新山が睨んでいた。捜査に首を突っ込むな、とでも言いたいのだろう。だが管理官が質問をしている相手は、尾藤だ。

「念には念を、ということかもしれません」

「うん？」

「犯人は佐貫さんを殺害後、現場を去ろうとした。しかし皮膚に残った微細な電流斑が、どうしても気になった。犯人が些細な痕跡を過剰に気にする心理は、他の事件でもよく観察されます。電撃による殺害であることが発覚するのを恐れた犯人は、電流斑をごまかすため、ご遺体に熱傷を負わせることにした」

「だから火をつけたってことか」

管理官は手を叩いた。

「ただ、なぜそこまで些細な痕跡を気にしたのか腑に落ちんがな。そもそも電流斑が残ること自体は、犯人にとっては計画の範囲内だったはずだが。何らかの心変わりがあったのか……まあ、一応辻褄は合う。どうだ。同じ意見か？」

話を振られた係長は、「ええ」とすぐさま首を縦に振った。最初から、イエス以外の回答は用意していなかったのだろう。一方、新山は苦い顔をしていた。尾藤は少しだけ溜飲が下がった。

管理官は手帳に何事かを書き込みながら、質問を重ねる。

「尾藤さんにもう一つ訊きたいんだけど。犯人は、どんな凶器を使って殺したと思う？」

「どんな、というと？」

「切り傷があれば刃物だとわかるし、殴られた痕があれば鈍器が思い浮かぶ。でも、電気で殺されたと言われても凶器が想像できない。改造スタンガンとか、そんな感じ？」

尾藤はようやく質問の趣旨を理解する。

「スタンガンの出力では、死亡には至らないでしょう。ある程度改造したとしても」

「だったら、どうするの？」

「要は、人体に電気を流せばいいんです。たとえば、二つの電極板をコードでつないで人体に接触させれば、電気が流れます。素手で扱うと犯人も感電するおそれがありますから、絶縁グローブを組み合わせる手もありますね。いずれにせよ、犯人が自作したものでなければ死に至るほどの電流は流せないと思います」

「理屈はいいの。要するに、どんな形状になるか知りたいわけ」

「形状といっても……」

困惑する尾藤に、「まあいいや」と管理官は告げた。

「別の質問にしよう。そんな凶器を自作するなんて、当然、誰にでもできることじゃない。専門知識が必要になると考えていいか？」

「電気工作ができる程度の知識は要るでしょうね」

そう答えると、管理官は係長と視線を交わしてから、おもむろに咳払いをした。

「科捜研の、加賀正之副所長は知ってるね？」

その一言に、新山が気色ばんだ。

「いいんですか。彼女の夫は科捜研の……」

「わかってる。科警研の職員なら、仕事とプライベートの区別くらいついてるだろ」

管理官は額に皺を寄せ、「ねえ？」と尋ねる。ノーと言えるはずもない。尾藤が首肯すると、管理官は満足そうに微笑んだ。

「加賀副所長は電気工学科の出身だ。当然、専門知識はある」

黙っていた係長が、持参した資料に目を落としながら語る。

「加賀警視は入庁後、鑑識としてキャリアをスタート。二十代の頃に科捜研に二年出向し、その後は鑑識畑を転々としている。特に鑑定手技の開発で実績があり、表彰経験も多数。一例として、指紋採取の新手法、防犯カメラ映像の鮮明化手法などを作り上げ、全国の都道府県警に普及させてきた。警視庁内での通称は……」

「〈鑑識の神様〉」

管理官は最後の一言を引き取り、口元を歪めた。

「もう尾藤さんも聞いてるんだろ？　六年前の交通事故」

教えてくれたのは新山ではなく夫だが。そう思いつつ、尾藤は「はい」と応じる。

「動機は十二分にあるってことだ。しかも電気で殺すなんてマニアックな方法、思いつく人間はそういない。やり遂げられる人間となるとさらに限られる。その点、加賀副所長は被疑者の条件に合致する」

被疑者、と管理官は初めて明言した。

「……加賀さんの犯行だと、お考えですか？」

「他にいないんだよ。佐貫吉利は普通の会社員だ。ルールにだらしない人間のようだし、少なくない相手から嫌われていたとしても、殺されるとなると話は別だ。我々の調べでは、そこまでの恨みを買った相手は他にいない。動機も、殺害方法も、犯人は加賀副所長だと暗示しているんだよ」

「しかし、根拠が……」

「尾藤さぁん」

管理官は尾藤の言葉を遮り、両目を剝いた。

「これは他の殺人事件とは違うの。わかるよね？」

尾藤の額に脂汗が滲んだ。対峙しているだけで、緊張を強いられる気迫だった。

「科捜研には協力を仰げない。だから科学的な立証については、科警研の力を借りるしかない。君らより上のレベルで話は通してある」

管理官の視線が室長に向けられた。部長級、あるいはそれ以上の幹部同士の間ですでに話はついているのだろう。本件の捜査には科警研が協力すると。かつて、加賀が言っていたことを思い出す。

――組織は根回しと芝居で動くんだよ。

「そのために必要なのは物証。公判が維持できなければ意味はない。わかるね？」

「……はい」

「尾藤さんにはなんとしても裏付けを取ってほしい。当然、我々も捜査を進める。しかし科学者の犯行なら、科学者にしか気が付けない点があるかもしれん。電気を使った殺人という発想も、捜査一課だけでは絶対にたどりつけなかった」

厳しい顔つきから一転して、管理官が表情を緩めた。

「鍵(かぎ)は科警研が握っている。頼むよ」

猫なで声に、尾藤は肩をすくめて沈黙するしかなかった。


ふと壁に掛けた時計を見ると、日付が変わっていた。

――そろそろ寝ないと。

そう思いつつ、尾藤はノートパソコンのディスプレイから目を離すことができなかった。

表示されているのは、火災現場の写真である。現場検証の際に撮影されたもので、そこには火災直後の状況が克明に記録されていた。別のウィンドウには、現場の燃焼残渣を分析したデータが表示されていた。

このデータを取得したのは、協和大学の菅野(かんの)という研究者だった。土門に化学分析の専門家がいないか相談したところ、「私が知る限り最も腕がいい分析技術者」として紹介された。本来なら科警研のなかで専門家を探すべきなのだろうが、見知らぬ他部署の技官に相談するより、夫に話すほうが早い。

尾藤はデータを確認しつつ、嘆息する。

――まさか本当に、灯油であることを証明できるとはね。

ディスプレイに映っているのは、二次元ＧＣ(ガスクロマトグラフィー)の分析結果だった。得られたデータを主成分分析することで、風化後であってもどのような石油化学製品が燃えたか、推定することができるという。詳しいことはわからないが、精度は確からしい。

ともかく、犯人が灯油を使って火をつけたことは確定した。これで犯行当時の行動は、かなり明らかになってきた。

佐貫の自宅を訪問した犯人は、何らかの理由をつけて部屋に上がりこみ、佐貫を通電によって殺害した。相手の抵抗を防ぐため睡眠薬などを使ったかもしれない。その後、犯人は一階に保管してあった灯油を撒(ま)いて、部屋に火を放った。鑑定結果から、ここまでの流れは間違いなさそうだ。

しかし、犯人そのものの痕跡がどこにもない。指紋、掌紋、足跡、毛髪や衣類の繊維片。犯人が現場に残していく痕跡はさまざまだが、この火災現場にはそれらが一切ない。

仮に相手が〈鑑識の神様〉こと加賀正之だとしたら、これほどの難敵はいない。何しろ、鑑識担当者がどう動くか、誰よりも熟知している人間と言っていい。犯行時には一切の痕跡が残らないよう、細心の注意を払っているだろう。加えて、火災の起こった室内はほぼ全面が焼け焦げている。たとえ指紋や毛髪が残っていたとしても、焼失しているはずだ。

かといって尾藤が音を上げることは許されない。警察において、目上の相手からの指示は絶対だ。管理官は直属の上司ではないが、従わないわけにはいかない。瞼を閉じると、人の好さそうな加賀の顔が浮かぶ。今だけはその顔を見たくなかった。

万事休す。疲れきった頭に、その一語が浮かんだ。

尾藤はペットボトルの緑茶を口にした。キャップを締めようとしたが、手元が狂って床に取り落とす。疲れているのだろうか。鈍い動作でキャップを拾い上げ、今度はきちんと締める。

その時、何か引っかかるものがあった。

「……あれ?」

尾藤は改めて、手のなかのペットボトルをまじまじと見つめる。まだ、警察が検証していない箇所があることに気がついた。

そこに犯人の手掛かりが残されている保証はない。だが可能性がゼロでなければ、確認する価値はある。駄目で元々でも、無策よりはいい。朝になったらさっそく動いてみようと決めた。

寝支度のため洗面所に移ると、ダイニングに通じるドアから照明が漏れていた。消し忘れだろうか。ドアを開けてみると、土門が背筋を伸ばしてテーブルについていた。思わず「わっ」と後ずさるが、向こうは平然としている。

「遅くまでやっているな」

「驚かせないでよ」

土門はこわばった表情で、「座って」と告げた。向かいの椅子に腰を下ろしながら、尾藤は夫の顔色をうかがう。無表情はいつも通りだが、目が据わっていた。

「私が来るまで、待ってたの？」

それには応じず、土門は懐から手帳を取り出して開く。

「これから話すのは、私の独り言だ」

その一言で、尾藤は土門が何をしようとしているのか察した。

「わかった」

「交通捜査課の三浦という人に、佐貫が起こした事故の記録を確認してもらった。大半は既知だったが、一つだけ新情報があった。事故後、加賀さんは民事裁判を断念している。金銭では命の補償などできない。加賀さんは当時の担当者に、そう語っていたらしい」

土門は手帳に落としていた視線を上げた。

「捜査本部でも、これくらいの調べはとっくについているはずだ。しかし科警研には共有されていないだろう。加賀さんの殺意を立証するうえで重要な情報だから、念のため伝えておく」

「それは、どうも」

尾藤は礼を言いつつ、眉をひそめた。土門は加賀が犯人だという説に否定的だったはずだ。それなのに、自らその説を立証するような真似をしているのが奇妙だった。

「勘違いしないでほしい」

尾藤の内心を見透かしたかのように、土門は告げた。

「加賀さんが犯人であってほしいなどとは微塵も思っていない。並行して、犯人でないことを立証できる可能性も模索している。けれどもし、万が一、加賀さんが罪を犯したのだとしたら……」

もう、土門の目に悲しさは浮かんでいなかった。冷徹な鑑定人の目が、ひたと尾藤を見つめている。

「その罪を暴けるのは、私だけだ」

無機質な部屋は、張りつめた空気で充満していた。

天井近くに設置されたエアコンは、暖気を吐き出しながら低い音で唸っている。カーテンの隙間から窓の外が見えた。日没前の曇り空は、暗色を帯びはじめている。

ノートパソコンを置いた長机の前に、土門が座っていた。机の上に並んでいるのはポリグラフ検査の機器類である。先ほど、尾藤と土門で手分けしてセッティングしたものだ。長机の向こう側で、リクライニングチェアに腰かけているのは加賀だった。彼の身体にはすでに電極やベルトが取り付けられ、伸びたコードが機器につながっている。加賀の目の前には、土門のパソコンと接続されたモニターが設置されていた。背後には新山が立っている。

その光景を、尾藤は部屋の隅から眺めていた。

——よく、ここまで漕ぎつけたな。

この数日、果てしない調整に追われてきたが、ようやくそれが報われた。一時は本気で諦めようかと思ったが、やりきってよかったと素直に思う。

土門が検査者となり、加賀のポリグラフ検査を行う。この案を思いついたのは尾藤だった。なんとか土門を捜査に関わらせるための、苦肉の策だった。

検査は科警研でも実施可能だが、技量によって結果は変わり得る。まして、相手はポリグラフ検査そのものを知り尽くした科捜研副所長である。並の検査者では、徒労に終わる見込みが高い。

——この検査は土門誠にしかできません。

尾藤は過去の事例も引き合いに出し、上司や捜査本部に強く主張した。だが捜査本部からは当然、反発があった。技官同士で口裏を合わせるかもしれない、と言う者もいた。

尾藤は根気強く説明を続けた。かつて、土門は花の写真一つで被検査者の動揺を誘ったこともある。あんな芸当は普通の研究者にはできない。本気で加賀を捕まえたいと思うなら、土門にポリグラフ検査を任せるべきだ。

最終的には、管理官が首を縦に振った。

——説得されたんじゃない。尾藤さんを信頼して、了承するんだ。二度目はないよ。

加賀の後ろに控えている新山は、どこか不服そうだった。陰湿な目で土門を睨んでいるが、当の土門は意に介さず、検査の準備を進めている。

リクライニングチェアに身体を預けた加賀が、はあ、と声に出して息を吐いた。

「年の瀬だっていうのに大変だねぇ、土門君」

加賀の態度には余裕が滲んでいた。これからマッサージでも受けるかのように、緊張感がない。

「仕事ですから」

土門が硬い声で応じると、加賀は身体をひねり、背後にいる新山のほうを見た。

「僕に目をつけていることは、かなり前から気付いていたよぉ」

新山は無表情を装い、話しかけにも一切応答しない。だが、加賀は構わず一人で話し続けている。

「君らの魂胆はわかってるよぉ。証拠がないからポリグラフ検査をやって、その結果をもって僕が犯人だと主張するつもりなんだろ」

「検査目的については、先ほど説明した通りです」

たまりかねた新山が答えると、加賀は「ほう」と嘆息した。

「確かに承諾書にサインはしたけども、君らが望んでいるような結果は出ない。断ったら断ったで怪しまれるし、実質的に承諾するしか選択肢はないよねぇ。まあ、一度被検査者を体験してみるのも悪くない」

「検査前です。静かにお願いします」

土門が言うと、「はいはいっ」と軽い答えが返ってきた。

新山によれば、加賀は一貫して事件とのかかわりを否認しているという。火災があった日は飼い猫と一緒に自宅にいたというが、妻は深夜まで外出しており、アリバイを立証する人間はいない。それでも、加賀には怯えが微塵もなかった。彼が佐貫を殺した犯人だとして、ここまで平静を装えるものだろうか。

――やっぱり、加賀さんは犯人ではないんじゃ……

尾藤は浮かびかけた想念を打ち消した。予断は必要ない。事実を積み重ねていけば、おのずとそこに事実が浮かび上がるはずだ。土門が居住まいを正した。

「では、検査をはじめます」

「よろしくぅ」

間延びした返答が、緊迫した空気に溶けていく。

はじめに予備検査があり、それが終わると本検査へ入る。土門は口頭で選択肢を提示しながら、事件にまつわる質問を投げかけていく。加賀は指示された通り、そのすべてに「いいえ」と答えた。

「佐貫氏は、一酸化炭素中毒によって亡くなりましたか」

「いいえ」

「佐貫氏は、窒息によって亡くなりましたか」

「いいえ」

「佐貫氏は、電撃によって亡くなりましたか」

 つい、尾藤は両手を握りしめた。この質問は犯人しか知りえない事実――〈裁決項目〉である。だが、加賀はそれまでと同じ平板な声音で「いいえ」と答えた。少なくとも外見上の動揺は見られない。

 土門は淡々と検査を進める。

「次の質問に移ります。あなたは、火災の原因をご存じですか」

「いいえ」

「火はライターによってつけられましたか」

「いいえ」

 そこで土門はパソコンのキーボードに触れた。モニター上に、一階の階段下に置かれた灯油タンクの写真が映し出される。

「火は、灯油を撒いたうえでつけられましたか」

「いいえ」

加賀はわずかに眉をひそめたが、やはり即答だった。それくらいは捜査本部も見抜くだろう、と予測していたのかもしれない。

土門は燃焼助剤として灯油を用いた経緯を、こう推理していた。

――おそらく、放火することは当初の予定になかったのだろう。ここまで周到な犯人なのだから、計画にあったなら燃焼助剤を持参するはずだ。予定外だったからこそ、階段下の灯油タンクを使った。

灯油タンクは火災後、住人に代わってアパートの管理会社が保管していた。三つあったタンクのうち、一つは半量しか入っていなかった。現場にいた犯人――加賀は、そのタンクの中身を使って火をつけたのだろう。

じきに、用意していた質問は尽きた。土門は無表情で告げる。

「ポリグラフ検査は以上です」

部屋の隅にいた尾藤が立ち上がり、加賀の身体からセンサー類を外していく。後始末を終えると、加賀は「疲れたねぇ」と自分の肩を揉んだ。

「もう帰っていい？」

「あと少しだけ、お付き合いいただけますか」

「まだあるのぉ？」

むしろ、ポリグラフ検査は前座だ。ここから本番がはじまる。土門はノートパソコンを閉じ、加賀に問いかける。

「これからいくつか質問をします」

「ちょっと。これ、検査の続き？」

「いえ。検査外で、加賀さんに訊きたいことがあります」

新山が困惑顔で尾藤に視線を送る。聞いていない、とその目は語っていた。新山には検査の立ち会いしか頼んでいない。土門から確認したいことがある、ということは伏せていた。言えば止められかねないからだ。

「単刀直入にうかがいます」

土門の声が上ずった。

「加賀さんは、佐貫吉利の殺害にかかわっていますか？」

「愚問だねぇ」

加賀は薄笑いを浮かべた。

「僕はその時間帯、家にいた。前にも担当者に話したと思うけど。佐貫の家にも行ってないし、当然殺してもいない」

「否定なさるんですね」

「やっていないもんを、やったとは言えないよぉ」

その返事を聞いた土門は、何かを確かめるように頷いた。尾藤と土門の目が合う。彼は声に出さず、唇だけを動かした。

――終わらせる。

改めて、土門は加賀に向き直った。

「本件の犯人は、完璧に殺人を遂行しました。わずかな電流斑の他には殺人の証拠すら残さず、被害者を葬った。現場には犯人の痕跡も一切残っていない。おそらく、相当注意深く犯行に及んだのでしょう。指紋を残さないため手袋をするのは当然、衣類や頭髪にも気を遣ったはずです。少しでも遺留物があれば、犯人にたどりつく可能性がある。その事実を犯人は誰より知っていた」

土門の言葉に、加賀は黙って耳を傾けていた。

「一方で、放火に関しては杜撰と言わざるを得ません。寝たばこに見せかけてはいるものの、ご遺体を解剖すればその可能性は低いとすぐにわかってしまう。緻密な殺人を実行したのと同一人物とは思えないほど、大きな穴が残されている。ここから、放火は計画外の行動であり、殺害後に急遽実行することにしたと考えるのが妥当です」

加賀の顔からは、いつしか薄笑いが消えている。

「そこで私たちは思いました。犯人が放火に至る道筋をたどることで、何らかの遺留物を採取することができるのではないか、と」

私たち、という一言に尾藤の胸が締めつけられた。そうだ。尾藤だけでは、あるいは土門だけでは、たどりつくことはできなかった。二人だったから、ここまで来れた。

「回りくどいねぇ。具体的には？」

「たとえば……灯油タンクの内部」

その瞬間、加賀が目を細めたのを尾藤は見逃さなかった。

「予定外のアドリブには、見落としが付き物です。焦って灯油を撒いた犯人は、タンクの内部までは確認しなかった」

はっ、と加賀は苦笑した。

「そりゃあ土門君、確認しなかったんじゃなくてする必要がなかったんだろう。タンクの蓋が開いていた時間はせいぜい数分だし、遺留物が入り込むとは思えない」

土門は顔色を変えない。ただ、その目にはほのかな失望があった。

「加賀さんらしくない発言ですね」

「そうかい？」

「ええ。検討する前から選択肢を棄却するような考え方は、加賀さんらしくない。可能性がゼロパーセントでないなら、すべての選択肢を検討する。それが、科学に殉ずる人間としてのやり方ではないですか」

加賀は腕を組み、あさっての方向を見やる。

「で、遺留物はあったの？」

土門はジャケットの内ポケットに手を入れた。抜き出した指先には、小さなチャック付きのポリ袋が挟まれている。袋のなかには艶のある一本の白い毛が封入されていた。

「それは？」

「灯油タンクの蓋の裏側から採取しました。顕微鏡で確認した結果、獣毛と判断されました。

獣医師に意見を求めたところ、猫の毛である可能性が高いとの見解です。ちなみに、タンクの持ち主は猫を飼っていません」

加賀の顔が凍りつく。

「猫……？」

「犯人は、自分自身の体毛には細心の注意を払っていたのかもしれません。手袋を使い、衛生キャップを被り、不織布マスクをする。それくらいの対策はしていてもおかしくない。ただ、何事も完璧というのは難しいものです。火災があった十一月は、多くの猫にとって換毛期でもある。取り尽くしたつもりでも、衣類の表面に残っていたのでしょう」

室内は静まりかえる。加賀は頰に手を当て、身体をよじり、真剣な面持ちで何事かを考えこんでいる。その目は研がれた刃のように鋭い。

しばし沈黙が流れた後、ふっ、と笑い声が響いた。振り返った加賀の口元は、ほころんでいた。

「惜しいなぁ、土門君。非常に惜しい」

丸眼鏡のブリッジを押し上げ、加賀は言う。

「知ってるよね？　猫の毛は毛根がなければＤＮＡ鑑定での異同識別はできない。残念ながら、その獣毛を基に犯人を特定することは不可能だ。それくらいのこと、僕が知らないと思ったかい？」

土門は微動だにせず、黙って加賀に語らせていた。

「換毛期に抜け落ちた猫の毛に、毛根は残っていない。一応、毛根のない獣毛を鑑定するための研究例が存在することは知っている。けど、裁判で証拠能力が認められるようなオーソライズされた手法はまだない」

加賀の発言は正しかった。獣毛のDNA鑑定は、いまだ実用の域には達していない。少なくとも、最近までは。

土門は息を吸い、勝ち誇った表情の加賀に決定的な一言を浴びせる。

「なので、開発しました」

加賀はこぼれ落ちそうなほど、大きく目を見開く。

「……はっ?」

「私と妻で、毛根のない家猫の被毛(ひもう)から、個体を一定程度識別する手法を開発しました。具体的には、ミトコンドリアDNAのDループ領域をターゲットとしました」

尾藤はすかさず、手元に用意していた紙束を加賀に差し出す。それは、英文で書かれた論文草稿だった。著者の欄には土門と尾藤の名が記されている。尾藤は目を見開き、加賀に見得を切る。

「この論文を年明け、国際誌に投稿します。受理されれば裁判での証拠能力も認められるでしょう」

——私とこの人で書いた論文が受理されないなんて、あり得ないけど。

草稿を手にした加賀の指先が震えはじめた。血走った目で文面を睨み、歯を食いしばっている。先ほどまでの余裕は霧消していた。

「こんな……嘘だ」

青白い顔の加賀に、土門は言い放つ。

「鑑定法がないなら、自分で作ってしまえばいい。そう教えてくださったのは、他でもない加賀さんです」

尾藤は、土門からその案を聞かされた時のことを思い出す。

——二人だけで新しい鑑定法の開発なんて、さすがに無理だよ。普通にやったら半年、一年はかかる。

——それでもやるしかない。

——でも、定常業務だってあるし……

——協力してもらえないなら、私だけでやる。

本当に、土門は一人でもやりかねない雰囲気だった。そこまで言われて逃げるわけにはいかない。もともと尾藤は、挑発されれば乗らずにはいられない。睡眠不足覚悟で夫の提案を引き受けることにした。

土門が実験と論文執筆を担当し、尾藤がデータ解析を担った。土門は心当たりのある獣医師に片端から連絡を取り、すさまじい勢いで検体を収集した。夫婦で夜を徹して作業を続けた結果、着手から二週間という異常なスピードでここまで漕ぎつけた。

土門は能面のような無表情で語りかける。

「ここまでです、加賀さん。この獣毛を鑑定すれば、あなたが火災当日にあの部屋にいたことは立証されます。罪を認めてください」

尾藤は固唾(かたず)を呑んで返答を待つ。これで、手元にあるカードはすべて切った。あとは加賀の返答を待つだけだった。

加賀は草稿を尾藤に突き返すと、両手で顔を覆ってうめいた。指の隙間から低い声が漏れる。

「……復讐(ふくしゅう)は、そんなにいけないことかい?」

勢いよく顔を上げた加賀は、土門を正面から睨んだ。

「僕は娘を殺された。だから僕は彼を殺した。それが悪いことなんだろうか? 僕と妻はね、娘がいなくなってからこっち、地獄を生きているんだよ。終わりのない生き地獄だよ。毎朝、娘に線香をあげながら思うんだ。僕が死ねばよかったのに、と。でも僕が死んでも、あの男は、佐貫は何も反省しない。だから……」

そこで加賀は嗚咽(おえつ)を漏らした。

土門は温度のない表情で加賀の視線を受け止め、言葉を返す。

「加賀さん。私は情状酌量を決める立場にありません。現在議論しているのは、加賀さんがあの部屋に行ったかどうか。その一点です」

「………」

「犯人だと、認めてくださいますか?」

加賀は答えなかった。乱暴に涙を拭い、無言で窓へ近づく。カーテンを開けると、赤く染まった空が見えた。いつの間にか、曇天から晴天へ変わっていた。太陽が地平線に沈もうとしている。

「ちょうど、夕方だったんだよ。娘がはねられたのも」

加賀は土門たちに背を向けたまま話した。

「僕らが歩いていたのは、二メートルほどしか幅のない道だった。娘は直前まで僕の手を握っていたんだが、ふいにぱっと手を放して、横へ駆け出してねぇ。その狭い道を、乗用車が後ろから突っこんできた。慌てて娘を抱きとめようとしたけど、遅かった。娘は車と衝突して、吹き飛ばされた」

エアコンの風で、カーテンが揺れる。

「どうしてあの時娘の手を放してしまったんだろう、と悔やんだ。数えきれないくらいね。僕は自分を責めた。そしてそれと同じくらいの強さで、車を運転していた佐貫を責めた。佐貫の運転は法定速度を超えていた。あいつが法定速度を守っていれば、もしかしたら娘を抱きとめることができていたかもしれない。もしくは、衝突したとしても、死には至らなかったかもしれない」

尾藤の脳内に、かつて耳にした台詞がこだまする。

——神様はねぇ、たまに想像を絶するほど残酷なことをする。

振り返った加賀は、すがすがしい笑顔を見せた。

「僕はねぇ、後悔していないよぉ。見抜かれたのは無念だけれど、やれるだけのことはやった。この手で佐貫を葬った時点で、僕は満足だ」

加賀は、棒立ちになっていた新山に「行きましょうか」と声をかけた。傍観者と化していた新山は我に返り、「どこへ？」と問う。

「やだなぁ。今更逃げたりしませんよぉ」

にやりと笑い、加賀は出入り口へと歩き出す。テーブルの横を通り過ぎようとした瞬間、土門が「一ついいですか」と言った。

「なぜ、火を放ったんですか？」

加賀が足を止め、振り返る。

「当初は電流によって佐貫を殺し、その場から立ち去る計画だったのではないですか。計画通りなら、おそらく急性心臓死として処理されていたはずです。あんな小さな電流斑、普通の警察医ではまず気付きません。なのになぜ計画を変更して火を放ったんですか。些細な痕跡が、急に気になったのはなぜです。そこだけがどうしても解せません」

それはねぇ、と加賀は言い、おもむろに土門を指さした。

「君のせいだ」

説明を求めるように、土門は眉をひそめる。

「現場を立ち去る直前、土門君の顔がよぎったんだ。仮に土門君が検証することになれば、電流斑を見落とすはずがない。そう思うと、一部始終を土門君に見られているような気がして、怖くなった。だから、どうしてもあの電流斑をごまかす必要があった。そのためには火をつけるしかなかった」

噛みしめるように、加賀は一語一語を口にする。土門がいなければ現場に火をつけることもなく、犯行の痕跡を残すこともなかった。土門誠という存在そのものが、犯行のプレッシャーになったのだ。

加賀の肩が小刻みに揺れた。

「とんだ墓穴だったねぇ」

口の端で笑う加賀に、土門は「はい」と応じる。

「科学を生業とする人間とは思えない、杜撰なやり方です」

「言うねぇ」

「科学に殉じ、科学に奉仕することこそが鑑定人の仕事です。あなたはもはや鑑定人ではない」

それを聞いた加賀がぽつりと言う。

「僕がいなくなったら、〈科捜研の砦〉は土門君だけになるねぇ」

「構いません。私は一人で砦を守ります。たとえ万人が科学を裏切ったとしても……私は科学の忠実な僕（しもべ）として、最後の鑑定人になることを選びます」

歩き出す加賀を、土門はもう止めようとしなかった。新山に連れられた加賀が部屋を出て行き、二人だけが残された。

ポリグラフ検査を実施した真の目的は、土門の手で直接加賀に引導を渡すことだった。そして、その目的は果たされた。本来なら、鑑定手法を確立した時点で捜査本部に委ねるべきだったのかもしれない。しかし加賀にとどめを刺すのは土門の役目だと、尾藤は確信していた。土門のためにも、加賀のためにも。

立ち尽くす尾藤を尻目に、土門は何事もなかったかのようにパソコンや検査機器をバッグにしまっていく。その冷静さについ反感を覚えた。上司が殺人犯だと自白したのに、落ち着いていられる神経が理解できなかった。

帰り支度が済み、尾藤がドアノブに手をかけた時。背後にいた土門が「頼みがある」と言った。

「少しでいいから、一人にしてほしい」

尾藤は言葉を失った。同時に、自分の勘違いを思い知った。

土門は冷静だったのではない。そう見えるよう、必死で感情を押し殺していたのだ。すぐそこに尾藤がいるから。両肩に、重いものがのしかかった気がした。それが無力感だと理解するのに数秒かかった。

――私じゃ、この人の力になれないんだ。

土門は自分の前で、感情を爆発させることができない。つらい時こそ頼ってほしいのに、彼はそうしなかった。その事実は思いのほか、尾藤を打ちのめした。

「……先に帰ってるね」

振り返ることなく、尾藤は部屋を出た。ドアが閉まる間際、隙間から見えた土門の空虚な表情が、尾藤の網膜に焼きついていた。

三日後、加賀の逮捕が公表された。

現職の科捜研副所長による殺人事件はメディアで派手に報じられたものの、警察内部の想定よりも世間の関心は低かった。当初の報道こそ大々的だったが、発表直後に年末年始に入り、各種メディアはシリアスな報道の割合を大幅に減らした。新年の祝賀ムードに押し流される形で、事件は急速に風化していった。

一月三日、尾藤は自室でパソコンのキーボードを叩いていた。

大晦日(おおみそか)や元日を含め、連休中もいつものように仕事を続けている。昨年末、鑑定法開発のために定常業務を後回しにした影響で、業務が溜(た)まりに溜まっていた。今のうちに一気に片付けなければ、追いつかない。

土門も似たような状況らしく、ほとんど自室にこもっていた。そのうえ彼は加賀の捜査に関連して、何度も呼び出しを受けていた。そのせいで、年末年始だというのに夫婦はまともに顔を合わせていない。

夕方。懸案の報告書を書き終えた尾藤は、背もたれに身体を預けて伸びをした。ようやく、業務を整理できる目処(めど)が立ってきた。

——ちょっと休むか。

席を立った尾藤は、ダイニングでドリップコーヒーを淹れた。土門は昼過ぎに刑事部から呼ばれて外出している。呼ばれる土門も大変だが、呼ぶほうも大変だ。警察業務は年中無休である。

最後に土門と会ったのは、元日の夕食時だった。その日の夕食は買い置きしていたレトルトのカレーだ。どんな食事でも文句を言わないのは、土門の美点の一つだった。

——年越しそばも、おせちも食べてないなぁ。

コーヒーを啜りながら、尾藤はこの一か月の慌ただしさを振り返る。遺体の死因を特定するために奮闘し、新たな鑑定法を作り上げ、加賀の犯行を裏付ける証拠をそろえた。よくやった、と自分でも思う。並の技官では対応しきれなかっただろう、という自負もある。

けれど、土門がいなければ成し得なかったこともまた、事実だった。

本来、科捜研は属人的でありすぎてはいけない。どの担当者がやっても、同じ水準で鑑定結果を出せること。それが求められている役割だ。だが、何事にも例外はある。その人間がいなければ達成できない仕事は、確実に存在する。

土門誠はある種のバグだった。土門がいなければ、加賀の殺人は露見せず、今でも科捜研副所長として変わりない日常を送っていただろう。バグがあったからこそ、加賀は正当な裁きを受けることになる。

しかしバグがもたらす影響は、良いことばかりではない。

尾藤がダイニングでコーヒーを飲んでいると、玄関のドアが解錠される音がした。カップを置いた尾藤は、静かに足を運ぶ。

「おかえり」

ベージュの上下を着た土門は無言で靴を脱ぎ、何も言わず自室へ入ろうとする。さすがにむっとして、尾藤は「ちょっと」と呼び止めた。

「ただいまくらい言えば？」

土門は無表情で振り返り、ぽつりと言う。

「……刑事総務課に、異動になった」

尾藤は耳を疑った。科捜研では、科警研への出向などの例外を除いて、基本的に職員の異動はないはずだった。それも、業務内容が近い鑑識課や捜査支援分析センターではなく、刑事総務課への異動など聞いたことがなかった。

「どういうこと？」

「警察職員なら意図はわかるだろう」

そう言われて思いつく理由は、一つだけだった。懲罰の意味をこめた異動――〈島流し〉である。

たしかに、土門の行動にはスタンドプレーが目立った。捜査一課は科捜研を本件から遠ざけていたにもかかわらず、土門が単独で動き、無断で鑑定まで行った。結果として犯人逮捕につながったものの、指揮系統を無視して行動したことは問題である。ただ、それは尾藤にしても同じだった。

「それなら私だって……」

「科捜研は刑事部内の組織であり、科警研は警察庁直下の別組織だ。警視庁として処分が下せるのは私だけだ。それにそちらは、捜査本部から正式に依頼を受けていたんだろう。ルール違反と呼べるほどの行為ではない」

　土門はやるせなさを吐き出すように、鼻を鳴らした。

「こんな処分は幹部の自己満足に過ぎない。二、三年すれば元に戻るだろう。刑事事件を実地で勉強する機会だと思えば、悪くない」

　部屋に向かおうとする土門を、尾藤は再び止める。

「これから仕事？」

「異動前に、片付けなければならない業務がある」

「少し休んだら？　あっちでコーヒー淹れるから。思うことがあるなら、私に言ってみてよ。力になれるかわからないけど、聞くだけはできるから」

　何を言ってるんだろう、と思いながら、尾藤は夫を引き止める。異性にこれほど気を遣うのは初めてだった。土門はぎこちない微笑を浮かべる。それは、彼なりの精一杯の優しさらしかった。

「私にはもう、人間というものがわからないんだ。どんなに信頼している相手でも、人は嘘をつくことがある。誰を信頼していいのかわからないんだよ」

尾藤はようやく、土門の負った深い傷を目の当たりにした。

「加賀さんが娘を亡くしたことは、私も知っていた。しかしその悲しみの深さを微塵も理解していなかった。私が知っている加賀さんは、そこまで人間に執着する人ではなかったのに」

私だってそうだ、と土門はつぶやく。

「私は自分自身、感情などに動かされない人間だと信じていた。常に冷静に、客観的に物事を判断し、的確に行動できる人間だと。とんだ思い上がりだ。私は驚くほど、平凡な感性を持っていた」

自嘲するように、土門が口を歪める。尾藤が「当たり前じゃない」と言っても、土門はその表情を変えない。

「二人で鑑定法を開発しよう、と言った時のことは覚えているか?」

「もちろん」

「あの時私は、〈協力してもらえないなら、私だけでやる〉と言った。稚拙な脅しで、協力することを迫ったんだ。それくらい焦っていた。それくらい……」

土門はうつむき、つぶやいた。

「君に助けてほしかった」

下を向く夫に、どう声をかければいいのかわからなかった。

かつての土門なら、考えられない言葉だった。独立独歩を地でいく男で、誰かの力を借りることなど端から当てにしていなかった。今もその性格は変わっていないと思っていた。けれどもしかしたら、尾藤との結婚が、彼の何かを変えたのかもしれない。

顔を上げた時には、土門の顔から悲しみや苦しみは消え、能面のような無表情に戻っていた。

「それでも科学は嘘をつかない。嘘をつくのは、いつだって人間だ」

去っていく夫を、尾藤は制止することができなかった。自室に戻って椅子に腰かけ、しばし呆然とする。

——私たちが結婚したのは、正しかったのかな？

土門は助けを求め、尾藤はそれに応じた。何も間違ってはいない。そのはずなのに、なぜか虚しい。

ふう、と息を吐く。肺のなかの空気を出し尽くすような、長い吐息だった。

尾藤はなかば無理やり、パソコンに向き合う。赤い目をこすり、マウスを手にし、解析ソフトを起動する。

結局、自分たち夫婦をつなぎとめているのは、恋や愛といった甘い感情ではない。科学への真摯な思い。その一点が二人をつないでいる。これからも土門と歩いていきたいと思うのなら、自分も科学に殉ずるしかない。

でも、もしそれでも、夫婦でいる意味を見出せなかったら。

——その時は、その時だ。

尾藤は一心不乱にキーボードを叩く。室内にはリズムよく打鍵(だけん)する音が響いていた。尾藤はその音を聞きながら、さらに作業に没頭する。

自分たちの関係に情はないかもしれない。しかし二人が科学の徒であり続けることは変わらない。夫婦という関係にこだわらなくても、それで十分じゃないか。

土門が言う通り、嘘をつくのはいつだって人間だ。けれど、だからこそ、正直であろうとすることは美しい。他人を騙(だま)さず、自分を偽らない。そういう理想を掲げて生きることが、間違っているとは思わない。互いに正直でさえあれば、どんな生き方であろうと悔いることはない。

尾藤のデスクには書類が山と積み上げられていた。一番上に載っているのは、昨日投稿した論文のプリントアウトだ。夫婦による、最初の共著論文だった。

論文の筆頭著者の欄にはこう記されている。

――〈Makoto Bito〉。

主要参考資料

『刑事弁護人のための科学的証拠入門』
科学的証拠に関する刑事弁護研究会編（現代人文社）
『交通事故解析の基礎と応用』
山崎俊一（東京法令出版）
その他、多数の論文・書籍・
インターネット資料等を参考にしました。

初出
罪の花
「小説 野性時代」2024年6月号
他は書き下ろしです。

岩井圭也（いわい　けいや）
1987年生まれ。大阪府出身。北海道大学大学院農学院修了。2018年「永遠についての証明」で第9回野性時代フロンティア文学賞を受賞。その他の著書に『夏の陰』『文身』『水よ踊れ』『この夜が明ければ』『竜血の山』『生者のポエトリー』『最後の鑑定人』『付き添うひと』『完全なる白銀』『楽園の犬』『暗い引力』『われは熊楠』「横浜ネイバーズ」シリーズなどがある。

科捜研の砦（かそうけんのとりで）

2024年6月28日　初版発行
2024年8月10日　再版発行

著者／岩井圭也（いわいけいや）

発行者／山下直久

発行／株式会社KADOKAWA
〒102-8177　東京都千代田区富士見2-13-3
電話　0570-002-301（ナビダイヤル）

印刷所／大日本印刷株式会社

製本所／本間製本株式会社

●お問い合わせ
https://www.kadokawa.co.jp/（「お問い合わせ」へお進みください）
※内容によっては、お答えできない場合があります。
※サポートは日本国内のみとさせていただきます。
※Japanese text only

定価はカバーに表示してあります。

ISBN 978-4-04-115031-3　C0093